미인이 되고 싶은
여자

미인이 되고 싶은 여자

발행일	2022년 5월 31일			
지은이	최순희			
펴낸이	손형국			
펴낸곳	(주)북랩			
편집인	선일영	편집	정두철, 배진용, 김현아, 박준, 장하영	
디자인	이현수, 김민하, 안유경, 김영주	제작	박기성, 황동현, 구성우, 권태런	
마케팅	김회란, 박진관			
출판등록	2004. 12. 1(제2012-000051호.)			
주소	서울특별시 금천구 가산디지털 1로 168, 우림라이온스밸리 B동 B113~114호, C동 B101호			
홈페이지	www.book.co.kr			
전화번호	(02)2026-5777	팩스	(02)2026-5747	
ISBN	979-11-6836-341-0 03810 (종이책)		979-11-6836-342-7 05810 (전자책)	

[본 도서는 한국예술인복지재단에서 창작지원금을 받아 제작되었습니다.]

(주)북랩 성공출판의 파트너

북랩 홈페이지와 패밀리 사이트에서 다양한 출판 솔루션을 만나 보세요!

홈페이지 book.co.kr • **블로그** blog.naver.com/essaybook • **출판문의** book@book.co.kr

작가 연락처 문의 ▸ ask.book.co.kr

작가 연락처는 개인정보이므로 북랩에서 알려드릴 수 없습니다.

눅뭄

야차

미이이 권뜨 픞는

옹료칠
소료링

작가의 말

문학은 선택적 취미 활동이라는 문인의 글을 읽은 적이 있다. 선택적 취미 활동. 정말 공감하는 글월이다.

늦깎이로 시작한 나의 선택적 취미 활동은 소설 쓰기인데, 컴퓨터를 마주하며 글 쓰는 일이 아직도 낯설고 막막하기만 하다. 실타래처럼 술술 풀리면 기분 좋을 텐데.

플롯이 지지부진 신도 안 나가는 작품을 부여잡고 끙끙대고 있는 나 자신을 때론 이해할 수가 없다. 선택적 취미인데, 일도 많은데, 나이도 있는데.

시집을 읽으면 마냥 즐겁고, 삶의 발자취 같은 여운과 향기가 묻어나는 수필에 빠져들고, 남이 쓴 소설을 읽으면 술술 잘 읽혀 행복해진다.

그러나 이런저런 핑계로 쓰다 만 글들이, 밀쳐 둔 모음과 자음들이 눈앞에 어른거리며 슬슬 나를 괴롭힌다. 다시 마음을 잡고 컴퓨터 앞에 앉는다.

　초록 잎새가 청정한 아름다운 이 봄날에 단편집 원고를 마무리하고, 마음껏 웃고 놀고 싶다!

　모든 분들의 행복과 건강을 기원합니다.
　문학의 길, 좋은 본보기를 보여 주시는
　문인협회 회원님들께 감사드립니다.
　출판을 도와주신 북랩 여러분께 감사드립니다.

2022년 임인년 봄날

최순희

☼ 목차 ☼

미인이 되고 싶은
여자

✢

아침부터 남편 길동태가 나봉순 속을 확 뒤집어 놓았다.

"쯧쯧, 얼굴하고는. 여기저기 자꾸 손댈 때 알아봤다. 이제까지 그 얼굴로 살았는데, 살아갈 날이 살아온 날보다 짧을 텐데 그냥 살지. 뭐 하는 짓인지 모르겠네."

누가 암말 안 해도 속이 부글부글하는데 나봉순 심사가 뒤틀렸다.

"아니, 내 얼굴 보기 싫으면 안 보면 되지, 내가 언제 봐 달라고 빌었나. 아침부터 잔소리는. 당신이 언제 내 얼굴 곱게 봐 준 적 있다고 그런 말 하는 거야?"

"나 원, 웃어도 웃는 얼굴 아닌 데다 멍도 부기도 안 빠지는 자기 얼굴 거울에 한번 보고나 큰소리하지."

'내 편'이 아닌 '남편'이 현관문을 닫고 핑 나가 버렸다. 나봉순은 밥하려고 들고 있던 플라스틱 쌀바가지를 싱크대에 던져 버리고 안방 화장대 앞으로 갔다. 화장대 거울에 목둘레가 늘어진 회색 스웨터를 걸친 여자가 나타났다. 파마기가 풀린 숱 적은 머리의 정수리와 가르마에 삐쭉삐쭉 삐져나온 흰머리가 염색된 머리보다 더 많았다. 입꼬리를 올리며 웃으려 했으나 피부가 땅겨 웃어지지 않고 부자연스럽다. 절대 웃는 얼굴이 아니다. 자신도 모르게 거울에서 얼른 떨어졌다.

"이놈의 여편네를 어떡할까? 죽일까 살릴까? 내가 팔랑귀가 되어서 못 살아!"

아침이고 나발이고 밥할 맛이 안 난다. 요즘 거울만 보면 살맛이 없다. 저 인간도 그렇지. 자기가 언제 내 얼굴 곱게 봐 준 적 있다고 잔소리야? 젊어서도 본 둥 만 둥 하면서 애만 만들어 놓고. 예쁜 여자 지나가면 눈 돌아가는 인간이 미워 슬쩍 발 밟은 적도 있었는데. 내가 자기 앞에 먼저 콱 죽어 버리면 화장실 가서 만세 부를 인간이지. 예쁜 여자하고 못 살아 평생 한인 걸 내가 모를 줄 알고. 흥, 내가 못 죽지. 암. 누구 좋아하라고 죽어 줘? 턱도 없지. 저 인간 미워서도 오래오래 살아야지. 더 늙어서 보라지. 구박 꽉꽉 하며 다 갚아 줄 테야.

참말로 속상해서 못 살겠네. 화가 머리끝까지 치민 나봉순은 주방으로 가 사기 쟁반 몇 개를 들고나와 마당 화단으로 갔다.

자잘한 꽃들 심겨 있는 화단 중심에 남편이 박아 놓은 수석을 표적으로 삼았다.

"맞아라, 길동태! 또 맞아 봐라, 길동태!"

다리를 벌리고 서서 입술을 꽉 깨물고 힘껏 쟁반 다섯 개를 차례로 수석에 던져 명중시키니 수석 산봉우리가 무너졌다. 쟁반 융단폭격에 처음엔 수석 잔돌이 튀더니 산봉우리가 쪼개져 날아갔다. 폭격 맞은 산기슭에는 흰 사기 조각들이 난무했다.

그녀는 흩어진 파편들을 재빨리 비닐봉지에 주워 담았다. 밥해야지. 남편 싫어하는 보리쌀을 쌀보다 배로 퍼담아 북북 씻었다. 말하는 압력 밥솥 상냥한 아가씨한테 "잡곡밥 부탁해!" 하고는 정수기에서 정화수 한 그릇 받아 옥상으로 향했다. 주위가 주택이라 앞뒤가 트여 속이 시원했다.

정화수 담긴 그릇을 쟁반에 받쳐 들고 나봉순은 조심스레 옥상으로 올라갔다. 어스름 새벽이다. 물기가 덜 마른 감은 머리가 선득하게 느껴졌다. 옥상에는 여름날 앉아 노는 나무 평상이 있고, 구석에 큰 화분 서너 개가 죽어 버린 나무를 안고 버려져 있다. 건조기가 있지만, 이불을 보송보송 말리는 기다란 빨랫줄에 빨래집게가 달려 있다. 옥상 한쪽에 종일 햇볕 받는 장독대가 있는데 대여섯 개 장독들이 한결같이 아가리는 좁고 배와 엉덩이가 풍만한 항아리들이다. 간장, 된장, 매실액 담그는 항아리로 크고 작을 뿐이다. 버려지려고 옥상에서 강제 퇴거당해 계단까지 쫓겨 났다 운 좋게 살아남은, 시어머니 손때 묻은 유산이다.

나봉순은 자신처럼 엉덩이가 두루뭉술 풍만해 애착이 가는 육 덕 좋은 갈색 항아리 뚜껑을 흰 수건으로 싹싹 닦은 다음 정화 수를 올렸다. 그러고는 매트를 깔고 큰절을 하기 시작했다. 나봉 순은 근래 새벽마다 장독대에 정화수 한 그릇 떠 놓고 빌었다.

"삼천갑자 동방삭 님! 제발 제 소원 들어주십시오! 제가 이렇게 날이면 날마다 눈만 뜨면 빌고 있습니다. 하루 이틀도 아니고 100일이 넘었어요. 비옵니다! 비옵니다! 제발 저 미인으로 만들 어 주셔요. 한 달만이라도 미인으로 살고 싶습니다!"

지극정성 발원을 마치고 정화수는 죽은 나무에 붓고 내려가려 는데 남편이 옥상에 올라왔다.

"여기서 뭐 하고 있지? 가만있자, 요즘 당신 새벽마다 옥상 올 라가더라."

"남이야 옥상을 가든 남의 집에 가든 무슨 참견인데. 별스럽네!"

"흠, 남이야? 화단의 수석 나봉순 짓이지? 그게 얼마짜린데. 참 찌질하게 수석한테 분풀이나 하고 잘 논다!"

"그럼. 만날 동태하고 노니까 찌질이 됐다! 100원도 받은 적 없 는 수석값은 혼자 거금 부르고 앉았지."

나봉순은 재빨리 옥상에서 내려왔다. 싸우는 걸 동방삭 님께

들킬까 봐서.

노래 교실을 몇 번 빠졌다 나오는 회원들 얼굴이 예뻐졌다. 한 달 얼굴 안 보이다 나오면 얼굴이 더 예뻐져 있고 어딘가 당당해지고 실없이 많이 웃었다.

눈썹이 거의 다 빠져 만날 짝짝이 눈썹을 그린 채 풀이 죽어 있던 희숙 언니가 어느 날 눈썹 문신을 하고 나타났다. 다들 잘했다고 칭찬 일색이었다. 예쁘게 됐다면서, 어디서 했느냐고 난리가 아니었다. 희숙 언니는 귀에 걸린 입을 더 크게 벌리며 노래 불렀다. 메주콩의 팥알처럼 음치가 뜨니 노래 선생 시선이 언니에게 몇 번이나 멈추다 말았다. 일주일 뒤, 희숙 언니는 무서워 못 뚫겠다던 두 귀까지 뚫어서는 예쁜 귀걸이를 걸고 나타나 노래 시간 내내 도리도리했다. 참, 요즘 귀걸이 못 하고 죽은 귀신이 어됐다고 자랑이람, 쯧쯧!

나봉순도 지지난해 딸 결혼식 날 정해지고, 얼굴의 기미와 검버섯을 입소문 난 피부과에서 빼긴 했다. 속이 시원했다. 치과에서 옛날 충치 치료해 덮어씌운 어금니는 치통이 와서 빼내고 임플란트 했다.

노래 교실에 새로 들어온 젊은 여자 고단자는 세상없이 싹싹하고 친절했다. 얼굴에 복점도 하나 없이 깨끗한 피부에 오뚝한 코, 뚜렷하게 긴 쌍꺼풀진 큰 눈이며 진한 눈썹에 몸매도 기가 막혔다. 폴라 원피스를 입으면 잘록한 허리가 너무 예뻤다. 40대라는 얼굴도 30대로 보이는 동안이라 60, 70대 회원들의 염장을 지르고도 남았다. 게다가 노래도 잘하니 노래 선생 시선이 자주 머물러 언니들 질투를 불러왔다. 그러나 고단자가 여우같이 "언니!", "언니들!" 하고 꿀 떨어지게 부르면서 커피믹스도 타 주고 초콜릿도 나눠 주고 목캔디도 돌리며 싹싹하니 어찌 미워만 하랴.

일흔도 반 넘어 눈꺼풀이 눈을 반이나 덮고 있어 고민하던 정숙 언니가 쌍꺼풀 수술을 하고 한 달도 지나 나타났다. 부기가 남았지만 처졌던 눈꺼풀이 올라붙고 쌍꺼풀이 선명하게 너무 잘 되었다. 다들 어디서 했느냐고 물었다.

내과 의사 딸 가진 민정 언니가 어느 날 낮았던 콧대를 높이고 나타났다. 저 언니 콧대 세지겠네! 콧대를 높이자 사람의 품격이 달라 보였다. 고단자가 약방의 감초처럼 끼어들어 예쁘다고 광고를 해 댔다. 민정 언니와 짝꿍이던 정혜 언니도 뒤이어 콧잔등 꺼졌던 콧대를 높이고 나타났다. 그러잖아도 아들 변호사라고 거만하게 보였었는데 콧대까지 세웠으니 볼만하겠어.

그런데 고단자가 더 신이 났다.

"어머나, 언니들 너무 예뻐요. 어디서 하셨을까요?"

나봉순은 질투가 났다. 나이 많은 언니들도 코 높이고 쌍꺼풀도 하는데 눈썹 그거 못 할까?

단짝 정두리와 의기투합해 고단자에게 말해서 눈썹 문신하겠다고 날짜를 잡았다. 머리 손님보다 눈썹 손님이 더 많다고 소문난 미장원 원장에게 받기로 했다. 가격도 저렴했다. 희숙 언니 같은 예쁜 눈썹으로 주문했다. 나봉순은 옛날에 귀걸이가 너무 하고 싶어 동네 미장원에서 두 귓불을 뚫었는데 30년도 넘게 이제껏 별별 귀걸이를 걸며 요긴하게 잘 써먹고 있다. 그때 큰맘 먹고 눈썹 문신도 빛있는데 지인들로부터 얼굴에서 눈썹이 제일 예쁘다는 말까지 들었다. 남편도 진해진 눈썹에 대해서는 시비 걸지 않았다.

그 눈썹이 세월에 다 지워졌다. 조금 남아 있던 본눈썹도 슬슬 빠져 버려 외출 때 눈썹을 그리긴 하는데 그린 눈썹을 보고 친구들이 킥킥 웃었다. 영구 눈썹은 없는지? 몇 년 써먹고 또 빠질 눈썹이래도 문신해야지 벼르고 있었는데, 빵집에서 유달리 맛나게 빵을 먹으며 권하는 고단자 열변에 팔랑귀가 되었다.

"아유 언니들, 왜 짝짝이 못난이 눈썹 그리고 있어? 품격 떨어져요. 드라마 자세히 보세요. 눈썹 안 한 탤런트 있는가. 눈썹은 문신도 아냐. 희숙 언니, 미숙, 혜주 언니, 모두 내 소개로 다 했어요. 예쁘게 된 것 보셨죠. 본인들이 만족하잖아요."

사실 눈썹 안 한 여자가 몇이나 있는가. 한두 번은 그냥 기본이지. 일찍 해 버렸던 게 후회되었다. 정두리도 동의했다. 역시 친구가 좋지. 눈썹 문신 날이 다가오자 아플까 걱정했는데 하나도 아프지 않았다. 나봉순 눈썹 문신을 본 남편은 허허 웃었다.

"아이고, 깜짝이야! 옛날 텔레비전에 나오던 순악질 여사인가? 검정 테이프 딱 붙이고 나왔네."

이튿날 정두리를 만났다.

"너 눈썹 잘됐다! 좀 진하긴 해도 예쁘게 심어졌어!"

"너도 눈썹 잘됐어!"

둘이 흡족해서 하이 파이브를 했다. 자랑이 하고 싶어 세를 내준 상가를 찾았다. 상가 1층 인테리어 가게 여자는,

"아유! 눈썹이 뚜렷하니 개성 있게 보여 좋네요! 아줌마, 집 도배도 이참에 싹 새로 하세요. 요즘 나온 실크 도배지 너무 좋아 거실이나 방 품격이 달라 보이거든요."

하며 까르르 웃었다. 이 여편네, 내가 친구들 지인들한테 벽지 도배지 소개를 얼마나 해 주는데. 하긴 우리 집 도배한 지도 10년은 넘었을걸. 그래도 애들이 없으니 깨끗한 편인데 뭘.

노래 교실, 수영장에서도 다들 눈썹 잘했다는 말들이라 나봉순은 기분이 좋았다. 기분 좋아 자꾸 거울을 보게 되었는데 처진 눈꺼풀이 눈에 거슬렸다. 눈을 제법 덮고 있지 않은가. 눈꺼풀만 처졌는가. 이마의 주름이며 미간의 주름도 내 천川 자가 되었다. 눈가 주름 입가 주름이 작년하고 다르고 깊어진 팔자 주름,

처진 볼살, 뭐 하나 봐 줄 게 없는 얼굴이다. 내 얼굴은 왜 이리 빨리 노화가 오는 거야? 기분 나쁘게. 친구들은 같은 나이인데도 팽팽하지 않은가. 젊어서 함바 식당 하며 너무 몸 고생시켜 그런 가? 사각 턱 수술은 큰 수술이라니 겁이 나 못 하겠다. 입소문이 얼마나 빠른지 모른다. 어디 무슨 식당이 맛나고 음식이 정갈하고, 서비스 좋고, 그런 입소문은 여자들에게 쏜 화살이다. 무릎 관절 수술은 이느 병원이 잘하고, 검버섯은 어느 피부과에서 잘 뺀다고 소문이 자자하다. 그리고 그런 말은 누구 귀에나 쏙쏙 들어왔다.

나봉순은 벌인춤이라 쌍꺼풀 수술을 받았다. 성형외과서 의료 보험 적용되는 안검하수 수술을 하니 일반 수술비의 반도 안 되었다. 눈두덩이 너무 부어올라 한 달을 밖에 못 나갔다. 노래 교실, 수영장도 쉬었다. 남편이 혀를 차며 머리 감겨 주고 시장을 봐 날랐다. 눈의 부기는 차츰 가라앉았다.

그런데 그 후, 고단자 말 믿고 한 얼굴 보톡스와 리프팅이 말썽을 일으켰다. 주삿바늘 아픈 것 참아 가며 맞았는데 얼굴의 멍이며 부기가 보통 아니었다. 전화하니 보름쯤 지나면 빠진다고 했으나 부기가 오래 남았다. 꼼짝 못 하고 집에만 틀어박혀 있었다. 그런데 부기 빠지니 얼굴이 부자연스러웠다. 웃어도 웃는 얼굴이 아니고 입만 겨우 벌어졌다. 약을 너무 많이 넣어 찔렀나? 나봉순은 너무 속상했다. 이러려고 한 건 아닌데. 남편도 툴툴거렸다.

"어휴! 하다 하다 별짓을 다 하고 다니네. 생긴 대로 살지 대체 그게 뭐냐?"

모자 덮어쓰고 위로받으려 찾아간 상가 인테리어 가게 여자는 눈을 동그랗게 뜨고,

"어머나! 아줌마 얼굴이 짝짝이 됐어요! 어떡해요?"

하고 비명을 질렀다.

고단자는 전화를 받지 않았다. 망할 것! 정두리는 휴대전화에 대고 훌쩍이며 하소연이다. 그들은 머리끝까지 화가 치밀어 수술 한 성형외과를 찾아갔다. 그런데, 병원이 없어졌다. 의사도 상담 실장도 간호사도 없었다. 5층 압구정 성형외과 간판이 사라지고 그 자리에 안마 시술소 간판이 붙어 있었다.

"정두리, 부동산 말고 병원도 떴다방 하냐? 이게 뭔 일이래?"

"아, 고단자 이년이 우릴 속였어! 세상에 믿을 인간 하나 없네?"

"뭐, 뭐라고! 미치겠네! 이 일을 어떡해?"

나봉순과 정두리는 땅바닥에 털썩 주저앉고 말았다.

"나봉순, 나 완전히 망했어. 우리 남편이 꼴 보기 싫다고 나가 래. 어떡해? 네가 자꾸 보톡스 맞자고 했잖아!"

"야, 지금 누굴 원망하냐? 내가 끌고 갔냐, 네가 끌고 갔냐? 고 단자 세 치 혓바닥에 넘어갔잖아. 성형비가 좀 싸다 했더니."

"고단자가 병원에 손님 많이 소개해 원장이 수술비 깎아 준다고 했지."

"성형 한 번도 안 한 사람은 있어도, 한 번만 한 사람은 없다더라. 중독이래."

"중독되면 안 되는데. 미치겠네. 이 얼굴로 어디 나가겠니?"

그들은 부근 성형외과를 찾아갔다. 상담실장은 좀 더 기다려보라고 했다. 그리고 성형 재수술은 비용이 많이 든다는 대답에 그들은 낙담하고 말았다. 정두리와 나봉순은 어딜 가나 선글라스와 마스크로 얼굴을 가리고 다녔다. 전화를 받지 않는 고단자를 찾았으나 노래 교실에도 벌써 나오지 않는다고 했다. 노래 가사처럼 울어도 소용없고 원망해도 소용없어, 둘이 죽어 버리자고 한강으로 갔으나 배가 너무 고파 부근 식당부터 찾았다. 아침 점심을 굶어 늘어졌다 배가 부르자 그들은 깨달았다. 죽을 이유가 뚜렷하게 없다는 것을.

"지금 우리는 누구를 위해 죽으려 하지?"

"애국도 아니고 회생도 아니고, 민주화도 아니고, 죽을 명분이 하나도 없는데."

"성형 비관해 자살했다고 신문에 대문짝만하게 나오면 가족들 망신만 시키지."

"한두 달 지나면 얼굴이 정상으로 돌아오지 않을까? 우리 죽느니 기다려 보자!"

"야, 성형 이야기 다시 끄집어내면 너와 나 절교한다. 알았지?"

나봉순은 오늘도 엉덩이가 두리뭉실 풍만한 큰 항아리에 정화수를 떠 놓고 빌었다.

"비나이다! 비나이다! 삼천갑자 동방삭 님! 제발 제 소원 하나 들어주십시오! 제 얼굴 예쁘게 미인으로 좀 고쳐 주십시오! 한 달만이라도 미인으로 살아 보고 싶습니다!"

날마다 지극정성 큰절을 드리고 염원의 기도를 올렸다. 땅겨진 얼굴 제발 펴지고 미인이 되어 지나가는 사람들이 다 돌아보는 미인 말이다. 아니 노래 교실 회원들, 수영장 아쿠아 팀들이 부러워하는 미인이 되면 얼마나 행복할까! 생각만 해도 황홀하다. 안 먹어도 배부를 거야. 그래, 미인이 되려면 부단히 노력해야지. 그런데 날마다 100번 이상 절하느라 무릎이 다 까지고 허리가 남의 허리다. 복대를 사서 허리에 둘렀다. 큰절 100번, 200번 올리고 나면 팔다리 무릎 허리가 아파 평상에 드러누워 쉬었다.

나봉순은 앞서 고민을 많이 했다. 누구에게 빌어야 이 얼굴을 고칠까? 천하일색 양귀비한테 빌까? 후한 말의 서씨에게 빌까? 양귀비나 서씨는 어림도 없을 테고, 부처님은 미욱한 인간이라고 상대도 안 하실 테지. 암만해도 삼천갑자 동방삭 님이 영험이 더 크신 어른이시겠지. 그래 동방삭 님이시다! 삼천갑자 사는 사람이 보통 신이신가.

동방삭 님이 내 소원 들으시기나 할까? 천상 어디 계시는지도 모르는데. 아니야. 내 정성이 문제지. 신은 그 어디서라도 다 들으신다고 했어. 하느님 예수님 부처님도, 그리고 삼천갑자 동방삭 님도 다 들으시고 내려다보고 계시는 거야. 암, 내 정성이 부족해! 더 열심히 소원을 빌어야지. 미인이 된다면 무섭고 겁나는 게 없어!

옛날 성철 스님 뵈려면 부처님 전 삼천배 올려야 만나 주셨다고 했지. 다리가 절뚝거려도 오직 한마음으로 정성을 다해 소원을 빌어야지.

누군가 일어나라고 호통을 쳤다. 눈을 뜨니 긴 머리카락이 백설처럼 하얀 영감님이 용무늬가 새겨진 커다란 지팡이를 짚고 눈앞에 계셨다. 얼굴이 시골 100살 할아버지보다 더 쭈글쭈글 쭈그러졌다. 진짜 옴팍 늙었네. 누구시지? 귀도 자셨겠고, 특히 두 손은 흉측하게 뼈밖에 안 남아 있다.

"보아라! 너는 왜 귀찮게 나를 자꾸 찾느냐? 한 번 행차가 얼마나 어려운데?"

"어머나 죄송합니다! 할아버지가 삼천갑자 동방삭 님이셔요? 저 소원이 있습니다."

"쯧쯧, 맹랑한 것. 천년, 천년 무정세월 가니 이젠 나를 찾는 인간이라곤 약에 쓰려도 없는데 기이하구나. 설마 엿가락처럼 명줄 늘려 달라고 날 찾은 건 아니겠지."

"아, 아닙니다. 저는 오직 미인이 되고 싶습니다! 그게 소원입니다!"

"미인? 미인은 서씨나 왕소군, 양귀비한테 빌어야지, 길도 제대로 못 찾냐?"

"삼천 갑을 사셔도 여자를 모르시는군요. 특히 미인은요, 시샘이 많아 그런 부탁 절대 안 들어주거든요."

"미인도 박색도 복불복이지. 눈, 코, 입 제자리 붙었고 사대육신 성해 두 발로 걸어 지천명 넘겼으면 은혜로울 일이지. 멍청한 대가리로 생각한다는 게 고작 미인! 그만 가련다. 한강에 귀 씻고 가야겠어."

"안 돼요! 동방삭 님도 서왕모 복숭아 훔쳐 드시고 인간계 내려오셨다던데 인덕을 베푸셔야죠. 제가 손이 발이 되게 빌고 빌었어요. 동방삭 님 도술로 저 미인으로 한번 살아보면 한이 없겠습니다!"

"고얀 것! 나한테 대접받은 저승 차사가 명부 담당자 조는 사이 삼십을 삼천으로 고쳐 내가 삼천갑자 산다는 말은 어이 안 까발릴꼬?"

"요즘 사람 남의 일에 관심 없어요. 저는 오직 미인 되는 일에

만 관심 있거든요."

"흠, 진흙 소 물 건너가네. 모든 일에는 대가가 따르는 법. 미인? 너는 무엇을 내놓겠는고?"

"예? 저는 드리고 싶어도 신선님 드릴 게 마땅찮은데요."

"욕심이 상한가네. 옛날엔 사람들이 가난해도 선했는데, 요즘 인간들은 아주 영악해졌어. 골치가 아파 힐링 삼아 왔더니만 천하에 대책 없는 물거 만났네."

동방삭 님 입맛이 쓴 듯 홀쭉한 입맛을 다시는데 귓전으로 전파가 오자 신경질적으로 소리를 꽥꽥 질렀다.

"왜 찾아? 이놈아, 죽을 때가 되면 옛날이 그리운 걸 몰라? 고얀 놈! 골수에 사무친 탄천에 왔다, 됐냐. 곧 간다. 이태백이 술잔에 빠져 죽을 놈! 그리고 너는 갈잖게 미인을 탐하면서 내놓을 게 없다고. 그럼 수명과 바꾸면 쉽겠네. 여든다섯이 네 천명인데 10년, 어림도 없지. 스물넷 감한다. 쯧쯧, 미운 놈 떡 하나 더 주지. 1년 절세가인으로 살련?"

"양심에 절세가인은 안 바라고 그냥 미인요. 그런데 한 번에 스물넷이나 뺀다고요! 85 빼기 24는 61, 예순한 살. 지금 저 딱 예순인데 미인으로 겨우 1년 살다 죽으라고요? 그건 너무 억울하죠. 미인으로 일흔까지만 살게 해 주셔요, 예?"

"마이동풍이네. 한 달을 살아도 미인으로 살고 싶다고 애걸복걸하더니 앉은 자리서 호떡 뒤집기 하냐? 그럼 네 남편 수명 한 30년 줄일까?"

"…"

"싫어? 그럼 네 아들, 서른 살로 수명 거두고 다시 금수저로 태어나게 해 줄게."

"안 돼요! 안 돼! 제발 우리 명우는 건들지 마요!"

나봉순은 대성통곡 엉엉 울며 동방삭 님 장삼 자락에 매달렸다.

"세상사 자고로 얻으면 잃는 게 있고 채우면 비는 게 있는 게지, 한심한지고. 한 치 앞도 몰라 허방 짚는 물색 하고 노닥거릴 시간 없느니라."

동방삭 님이 정말 떠나시려는지 지팡이를 짚으며 질질 끌리는 누런 장삼 자락을 휙 펼치셨다. 나봉순은 가스 불에 콩 튀듯 다급했다. 아, 추녀로 오래 살까? 미인으로 1년 살까? 죽어도, 죽어도 미인이 한번 되고 싶은데!

"저기, 소원입니다. 골수에 한이 맺혀서, 2년만 미인으로 살게 해 주서요! 저 목숨 걸고 약속, 약속요!"

"일언중천금─言重千金일 년. 악연이로고! 천상의 법도가 있거늘 내가 실언해 오백 갑자 지워졌구먼!"

"흑흑 동방삭 님! 동방삭 님! 제발요!"

삼천갑자 동방삭 님이 지팡이를 세 번 탕탕 바닥을 치자 어디서 황소만 한 흰 독수리가 내려와 동방삭 님을 태우고 훨훨 창공으로 사라져 버렸다.

　나봉순은 미인이 되었다.

　거울을 보다 뒤로 넘어져 다칠 뻔했다. 화장대 거울에 예쁜 여자가 있었다. 누구야? 너 누구니? 바보, 너 자신도 몰라? 너 미인이잖아. 거울 속 여자는 길고 또렷한 쌍꺼풀에 눈 아래 불룩 살도 없었다. 그리고 콧구멍이 훤히 보이던 '돼지 코'가 오뚝한 '버선 코'로 바뀌었다. 웃어도 절대로 웃는 얼굴이 아니게 귀 옆으로 땅기던 그 모습이 사라지고 자연스러운 미인이 아닌가. 사각 턱도 없어지고 계란형이다. 얼굴의 크고 작은 검은 점과 몇 개나 생겼던 검버섯도 없어진 깨끗한 얼굴이었다. 점과 검버섯이 없으니 얼굴 피부가 훤했다.

　"어머머! 이를 어째! 나 정말 미인이 된 거야?"

　밖에 나가면 지나가는 남자들이 두셋은 뒤돌아보았다. 윙크를 보내는 멍청이도 더러 있었다. 그녀는 거울을 보면 기분이 너무 좋아 손거울을 들고 다녔다. 미장원을 바꾸었다. 시끄러운 동네 미장원 안 가고 소문난 미장원에 예약하고 다녔다. 네일숍에서 손톱도 관리했다. 옷도 미인에 어울리게 메이커로 사 입고, 전에 들었던 핸드백 밀쳐 두고 명품 가방을 들었다. 옛날에 사 두어

장롱에 묵히고 있던 금덩이로 최신 유행 디자인으로 목걸이 반지 귀걸이를 맞추어 걸고 끼고 다녔다.

나봉순은 정말 살맛이 났다. 이런 게 행복이구나 싶었다.

나봉순은 요즘 오나가나 너무 예뻐졌다고, 젊어졌다고, 어디서 성형했냐고, 화장품 뭐 쓰냐고 하는 질문 공세에 시달렸다. 비만이던 몸까지 날씬해져서 무슨 식이요법을 하느냐고 오나가나 귀찮게 물어 시달렸다. 모르는 사람은 나이를 많이 봐야 50대로 보고 대부분 40대로 보았다. 60세라고 하면 아무도 안 믿었다. 노래 교실 수영장에서 하나같이 곱잖은 시선으로 성형수술비 얼마나 처들었냐고 흘겨들 보았다. 나 예뻐지는데 저들이 보태 준 것도 없으면서 지랄이야! 다들 샘나지? 이해해. 질투하고도 남지.

나봉순은 질투하는 따가운 시선들이 귀찮아 노래 교실, 수영장을 그만두고 줌바 댄스 학원으로 옮겨 버렸다. 못난이들! 나는 좀 예뻐지면 안 되냐? 나는 날씬하면 안 되냐? 뭔 시샘을 그렇게 부리냐. 연예인들은 예쁘다고 치켜 주면서. 아, 괜찮아. 내가 좋으면 됐지.

노래 교실 회원들 전화가 심심찮게 왔다.

"아우님, 성형 어디서 했어? 티 안 나게 자연스럽게 잘되어서 그래."

"언니 성형비 얼마 들었어요? 어디예요? 이따 준비되면 언니 소개해 줘요."

전화가 왔다, 고단자에게서. 폰 번호도 바뀌었다. 미친년!

"언니, 고단자예요. 언니 미인 됐다고요. 소문 다 듣고 있어요. 제가 사과도 하고 싶고, 조용한 카페서 커피 한잔해요. 물어볼 것도 있다니까요."

나봉순은 하루도 집에 있지 못하고 돌아다녔다. 어디를 가도 떳떳하고 자신만만했다. 어깨를 쫙 펴고 고개를 치켜들고 턱을 올리고 상대의 시선을 응시했다. 그러면 저쪽이 먼저 시선을 돌렸다. 동창회에 나가도 눈길들이 다 모였다.

나봉순 너는 어째 도로 젊어지누? 계집애가 삼산三山 동삼童蔘을 삶아 먹었나? 천도복숭아 따 먹었나? 쟤, 진짜 못생겼었는데 전과 달라. 얼굴 전체 성형수술 했나 봐. 돈 한 장은 더 들었을걸. 어디서 했을까? 꼴에 성형한 곳 대답도 안 하더라.

남자 동창들은 한사코 곁에 와 맥주를 권하면서 원샷 하잔다. 안주도 입에 넣어 주려고 경쟁들이다. 살맛 나는 세상이다. 2차 노래방에선 더 가관이었다. 전에는 끝끝내 마이크 한 번 안 주더니, 제일 먼저 마이크 대령하며 선곡해 주고 탬버린으로 장단 맞춰 주며 엉덩이 실룩이며 춤추고 난리들이 아닌가. 여자 동창들 질투의 눈살이 내리꽂혀도 소용없었다. 나봉순은 희한하게 노래도 잘 나와 기분 좋게 몇 곡이나 불러 젖혔다. 노래방비도 카드로 쫙 그었다. 동창들은 손뼉을 치며 아주 환호성을 올렸다.

"오나가나 정말 살맛 나네!"

문제는 남편이었다. 결혼하고 신혼여행 다녀오고부터 화장발에 속았다고 은근히 툴툴거리던 남편이었다. 술에 취하면 당신은 내가 그리던 여인상이 아니라고 주절거렸다. 구원의 여인상? 그럼 성당 가서 성모님 찾지, 사바세계에서 누구를 찾는 거야? 잠든 남편을 향해 팍팍 주먹질해 아픈 상처를 풀었다. 남편네 부모님이 며느리가 부잣집 맏며느릿감이라고, 두툼한 얼굴에 식복이 다복다복 붙었다고 나봉순을 적극적으로 감싸며, 겉도는 아들을 며느리 방에 밀어 넣어 잠자다 보니 새끼들이 태어나는 바람에, 남편은 꼼짝없이 잡혀 버렸다. 나봉순은 무뚝뚝한 신랑 때문에 가끔 속이 뒤집혔지만, 신랑이 워낙 잘생긴지라 마음을 비우고 살았다. 남편은 구원의 성모님이 계신 성당에 가지 않았고, 늙으면 어디 보자고 벼르었는데 30여 년 동고동락하며 살다 보니 바늘과 실처럼 되어 티격태격해도 무탈하게 살아왔다. 젊은 날 부부가 큰 공사장 함바 식당을 몇 군데나 크게 해 재산을 모았다. 쉰도 넘어서야 힘든 함바 식당 손을 놓았다. 나봉순이 허리 팔다리 등 아픈 곳이 많아지자 남편은 수영, 헬스 같은 운동을 권했으며 무심한 듯해도 아내를 아껴 주고 배려해 주었다. 그런 남편이 요즘 데면데면해졌다. 미인이라면 사족을 못 쓰던 인간이 눈도 잘 마주치지 않았다. 젊을 때 길 가다 미인을 보면 뒤돌아보고 휘파람까지 불던 인간이 말이다. 자기가 좋아하는 미모의 탤런트가 나오면 밥 먹다가도 멍청히 바라보아 나봉순이 텔레비전을 확 꺼 버려 더러 싸우기도 했다. 나봉순이 미인이 되고 처음에는 신기한 듯 황홀한 듯 입이 귀에 걸려 있더니 요즘은 뭔가 불편해하는 눈치다. 전에는 나봉순이 친구들 모임, 노래 교실, 계모임에 아무리 나가도 별말이 없었는데, 요즘은 누구 만나냐, 왜 늦냐, 귀가 시간까지 체크하며 사사건건 잔소리를 하니 귀찮을 지경이었다.

"삼식이가 되더니 잔소리만 늘었어. 전에는 나가고 들어와도 신경도 안 쓰고 본 둥 만 둥 하구선 이제 와 왜 저래? 내가 대학생 자기 딸도 아닌데 별 간섭을 하네."

저번 남편 고교 친구 부부 모임에서,

"야 길동태, 너 고민 많겠구나. 제수씨는 청춘인데 넌 너무 늙었다. 그 대머리, 가발이라도 맞춰 써라."

"한 스무 살 차이 나 보인다, 야!"

"자나 깨나 불조심 아니고, 너 각시 조심해라."

새끼들 객소리 기분 나빠 이젠 부부 모임에는 안 간다고 하던 남편이 방을 뺐다. 나봉순이 영감 냄새 난다고, 샤워 자주 안 하고 매일 머리 안 감는다고 타박을 했더니 딴 방으로 옮겨 갔다.
싱글 새 침대도 들였다. 삐졌는지 하루에 두 마디도 안 했다. 누
가 말려? 퀸 침대에 같이 자면 뭘 해. 전립선 때문인지 고혈압 약
때문인지 남편 노릇 한 지가 옛날이다. 그래. 싸리비로 마당이나
쓸지. 나봉순은 젊어진 몸이 밤이면 뜨겁게 열정이 오르니 부아
만 치밀었다.

딸 서영이 집에 왔다. 첫 마디가,

"엄마 왜 이래? 너무 젊어졌어. 나가면 자매인 줄 알겠다. 울 아
빠 불쌍해!"

뭐? 저것이 언제부터 제 아빠 편이야? 믿을 인간 하나도 없네!
반찬 챙겨 주나 봐라.

딸은 그로부터 친정에 잘 오지도 않았다. 서울에서 직장 다니
는 아들은 어쩌다 집에 오면 우리 엄마 젊게 보여 좋다고 손뼉을
쳤다. 장가갈 생각도 안 하면서.

그런데 남편도 딸도 나봉순 회갑을 입에 담지도 않았다. 세월
따라 회갑은 안 해도 해외여행 티켓은 당연히 선물할 줄 알았는
데 말도 없다.

"아빠, 엄마 저리 젊은데 무슨 회갑을 해요? 50살도 안 봐요!"

어이가 없다. 지가 나 젊어지는 데 보태 준 것도 없으면서. 싸가
지다. 너, 밉상스러운 소리 자꾸 하면 너 주려던 유산 싹 취소다.

나도 권리가 있단 말이야.

세월이 화살처럼 지나갔다. 1년이 가까워진다. 너무 젊고 팔팔한데 말이다. 나봉순의 고민은 날이 갈수록 깊어 갔다. 1년이랬지. 그 영감탱이가 1년이랬지. 스크루지 구두쇠 영감보다 더 짠 영감이지. 85세가 본디 내 수명이랬는데, 요즘 사람들 88세 지나 99세도 아깝다고 하는데 나는 뭐람? 이젠 100세 시대인데. 생일까지 살려나? 음력 생일은 3월 보름이고 양력 생일은 아버지가 늦게 올려 12월인데, 영감탱이가 인정사정없이 빠른 생일 택하겠지. 그때까지 살려나? 나봉순은 식욕도 잃고 의욕도 잃어 갔다. 몸은 나날이 야위어 갔다. 몸의 살집이 없이 마르니 동안의 얼굴도 점차 사라져 갔다. 이젠 미인이라고, 동안이라고 말하는 사람이 뜸했다. 정월 넘기고 나봉순은 그만 드러눕고 말았다. 3월 15일, 3월 15일! 설 지나고 예순한 살 생일이 바짝바짝 다가왔다. 세상에, 미인으로 고작 1년 살고 죽으려니 너무 억울했다. 따져 보니 반년은 당당하게 미치도록 즐겁게 살았다. 요즘은 죽음의 그림자를 안고 벌벌 떨며 살고 있다.

남편이 걱정했다.

"치맛바람 휘날리며 온 천지 사방 돌아다니더니 왜 이래? 안 나가는 거야 못 나가는 거야? 안 먹으면 죽는다니까. 미인 되어 죽으면 억울하잖아! 제발 한술 떠."

"여보 나 죽을 때가 됐나 봐. 미안해!"

"나 먼저 죽고, 당신은 미인이니 오래오래 더 살다가 와야지. 여보, 생각해 보니 우리 함바 식당 할 때가 제일 행복했었어. 그 많은 인력 밥하고 새참 하고. 몸은 힘들어도 둘이 손 맞잡기로 세상에 무서울 게 없었지."

나봉순은 기가 막혔다. 이쁘면 뭐 하고 잘나면 뭐 하는가. 이 세상에서 명줄 잘라먹고 사는 인간은 등신 같은 나밖에 없을 거야. 등신 바보! 바보!

나봉순은 억울해서 펑펑 울었다. 눈물이 강을 이루었다. 그 영감탱이 만나야 해! 만나서 도로 물어야지. 내 나이 돌려달라고. 5년, 아니 1년이라도 더 살아야지. 법원에 소송을 해서라도 내 수명 받을 거야. 나봉순은 화가 머리끝까지 치밀어 벌떡 일어나 손에 잡히는 대로 던지기 시작했다. 와장창 와장창 부서지는 소리가 요란했다.

"나봉순! 나봉순! 이젠 완전 깡패야! 자다가 살림까지 때려 부수네. 참는 데도 한도가 있어. 나는 뭐 못 부술까?"

"내 살림 내가 부수는데 왜 그래? 나 죽고 나면 전부 새로 살 거면서 왜?"

그때 캄캄하던 눈앞이 갑자기 훤해졌다. 남편이, 길동태가 성이 잔뜩 난 얼굴로 번쩍 들고 있던 청소기를 내동댕이쳤다. 바싹

부서졌다. 침대 앞에 사진, 액자, 휴지통, 물컵, 리모컨 등이 내던져져 있었다.

"여보, 여기 어디야? 동방삭 영감님 어딨어? 영감님 붙잡아야 하는데, 내가 꼭 물려야 한다니까!"

"이 여자가 뜬금없이 동방삭은? 또 얼굴 성형하려고 미치는구나. 어휴! 하고 싶은 대로 하라고. 돼지 코가 되든 고양이 낯짝이 되든 편히 좀 살자!"

"성형 아니야. 난 다만 반년, 아니 한 달이라도 더 살고 싶어서 그래. 흑흑. 여보, 오늘 며칠인데? 나 몇 살 먹었어?"

"정신 차려! 예순 자기 나이도 몰라? 연휴에 애들과 가족여행 가자 하구선."

나봉순은 벌떡 일어나 남편을 와락 끌어안았다. 길동태는 놀라 어리둥절이다.

"예순? 정말 예순? 나 예순 살 그대로야? 여보, 이젠 살맛이 나네! 아, 행복해! 정말 행복해!"

낙동강이 보이는
집에는

✤

"야야, 저기 뭐꼬? 로봇같이 생긴 저거 말이다."

이사 온 집 거실을 둘러보던 할머니가 호들갑을 떨었다. 염색한 검은 머리는 뽀글뽀글 파마이고 진갈색 바지에 빨간색 패딩을 입고 목도리를 두른 할머니 허리가 꼿꼿하다.

장발의 청년은 영문을 몰라 멀뚱한 표정을 지었다. 2월 강바람이 해거름 마당을 휙 쓸고 지나가자 목줄 한 흰 진돗개가 컹컹 짖었다. 검은색 패딩 차림 청년은 불쑥 들어온 집주인 할머니가 불편한 듯 어서 나가기를 바라는 눈치다.

"피규어, 피규어가 왜요?"

"암만 봐도 니가 피군가 저거 갖고 놀 나이는 아니제."

명색이 이사라고 왔는데 달랑 여행 가방 하나다. 싱크대 위에 양은 냄비 두 개와 라면 봉지와 휴대용 가스레인지밖에 안 보였다. 저 인간이 정말 살려고 온 건지, 라면이나 끓여 먹다 떠나 버리릴 바람잡인지 알 수가 있나. 밥은 만날 사 묵을까가? 이런 이사는 자다가 엉겁결에 해도 열두 번은 하겠구먼. 할머니는 끌끌 혀를 차며 나갔다. 잠시 후 현관문이 또 열렸다. 키만 크고 삐쩍 마른 청년이 이맛살을 찌푸렸다.

"봐라, 니 나온나. 밥 묵으러 가자."

"무슨 밥요?"

"밥이 밥이지 무슨 밥이 어딨노? 니 언제 저녁밥 할끼고? 내일부터 해 먹든지 말든지 알아서 하고 오늘은 니캉 내캉 묵자."

"왜요? 오면서 빵 사 왔어요. 빵 먹을래요."

"자슥아, 오라면 나오지 말이 많노. 빵은 내일 묵으믄 되지."

잔소리하는 할머니한테 시달리기 싫어선지 청년은 슬리퍼를 끌고 안채로 왔다. 주방 식탁에 김치, 나물, 노릇노릇 구운 고등어가 놓인 조촐한 밥상이 차려져 있었다. 보글보글 끓는 작은 뚝배기 된장이 앞에 놓이자 청년이 슬쩍 밀어내었다.

"쯧쯧! 조선말 하면서 된장국 못 묵는 자슥이 어딨노?"

"나는 한국말 하거든요."

탁, 어느새 그의 머리에 숟가락 꿀밤이 날아왔다.

"니 이름 뭐라 캤노?"

"소주영, 소주영요."

"소주영, 그냥 소주라 하믄 안 잊어 묵겠다. 나는 할매라고 불러라."

이틀 뒤 아가씨가 이사 왔다. 아가씨는 대문을 활짝 열고 자동차를 마당까지 들이밀었다. 자동차 뒷자리에 가방들이 잔뜩이고 트렁크에선 묵직한 상자들이 나왔다.

"쟈는 짐 보따리 보니 살림살이 챙겨 왔는갑다. 여식 애들이 손끝 야물지. 늙으나 젊으나 사내들은 헐렁헐렁 쓰는 데 이골이 나서 손바닥에 남는 게 있어야지."

아가씨는 상냥하게 할머니에게 인사하고 1호실로 짐을 날랐다. 반코팅 장갑을 끼고 무릎 허벅지가 숭숭해진 청바지에 국방색 점퍼를 입고 씩씩하게 짐들을 날랐다. 어깨까지 내려오는 머리는 질끈 묶었고 검은색 운동화를 신었다. 마당까지 들어온 차 소리에 소주영이 문을 삐쭘 열고 내다보며 힐끗 할머니 눈치를 살폈다.

"니는 성질나믄 뽀사뿔 그릇 새끼도 없는데 쟈는 고물상 넘길 헌책하고 헌 옷만 있남? 저 꼬라지를 봐라. 바지는 다 터져 쯧쯧! 성한 데가 없네."

그럼 그렇지. 할매 눈에 안 걸리고 넘어갈 리 없지. 주영이 킥킥 웃었다.

"싣고 온 게 죄다 책이네. 책만 보고 살라카나? 책만 묵고 살라카나? 나는 하루라도 낙동강 안 보고는 못 사는데. 저 강물 봐야

숨통이 트이는데."

　남이야 책으로 베개를 하든 불쏘시개로 밥을 하든 웬 참견이
실까. 본채 작은 방 창문을 열고 눈이 큰 아가씨가 창백한 얼굴
로 내다보고 있었다.

　부산시 강서구 녹산동 291-3번지. 눈 뜨면 낙동강이 한눈에 들
어오는 동향집이라 날마다 해 뜨는 집이다. 대지 120평, 슬라브
주택으로 여든두 살, 풍상에 얼굴 주름이 깊은 욕쟁이 김막순 씨
집이다. 아담한 본채가 할머니 거처이고, 거실 옆 잇달린 두 개
방에 영혜가 산다. 옛날에는 할머니 가족이 다 사용했는데 지금
은 방 둘, 거실 주방도 넓다고 했다. 본채서 조금 떨어진 기다란
일자형 슬래브 건물 1호부터 3호실까지가 셋방인데, 방이 크고
특히 주방 겸한 거실이 넓고 찻길을 돌아앉아 있어 조용해서 셋
방이 비지 않았다. 주위에 소규모 공장 작업장이 많아 세놓기 좋
은 집이다. 1호실에 강버들 2호실에 소주영이 이사 들었다. 대문
을 들어서면 블록 담장 아래 작은 컨테이너 창고가 있고, 창고 옆
에 튼튼한 끈 달린 리어카가 놓여 있다. 그 옆으로 기다란 꽃밭
과 수도가 있고, 영구 집 앞에는 밥그릇 물그릇이 나란히 놓여
있다.

　버들이 마트에서 우유며 과자 등 간식을 사 오는데 반코팅 장

갑 낀 할머니가 리어카를 끌고 온다. 리어카에는 택배, 과일 종이 상자들이 가득 실려 있었다. 할머니는 갈색 털모자를 덮어쓰고 털바지에 빨간색 패딩 작업복 차림이다. 버스 정유소에서 리어카를 놓고 호오이— 호오이— 긴 숨을 내쉬었다. 빈 벤치에 나란히 앉았다.

"할머니, 휘파람 부세요?"

"휘파람도 되고 숨비도 되고. 내가 할매라 불러라 해두."

"할매요, 박스 종이들은 다 뭐 해요? 불 때려고요?"

"요새 불 때면 대번에 달려와 벌금 물린다. 참 니는 혼자 와 여기로 이사 왔노?"

"저기, 사람도 싫고 머리도 아프고. 좀 쉬었다 글 쓰려고요."

야가 뭔 소리 하노? 할머니가 일어나 리어카를 끌고 버들은 비닐봉지 잡은 손으로 수레 뒤를 밀고 가는데 웬 중년 남자가 나타나 리어카를 덜렁 받아 끌었다. 할머니가 한사코 만류했지만 남자는 듣지 않았다.

"아이고! 국장님이 여기 우째 오셨소? 이건 내 일인데 손 베리면 우짜능교?"

"볼일 있어 지나가던 길입니다. 김막순 님, 여전하시군요. 그간 이웃 돕기 기부 많이 하셨는데 이젠 그만하셔도 됩니다. 이러다 다치실까 걱정됩니다."

"나야 늙어 짜다리 돈 쓸 데도 없고 방세하고 폐지 판 돈 모아 1년에 두세 번 죄금 내는데 얼마 된다고 그라요."

버들이 할머니를 다시 봤다. 저 욕쟁이 할머니가 무슨 기부를? 국장님은 기어이 리어카를 고물상 앞까지 끌어다 주고 갔다. 파지를 넘기고 할머니는 1,000원짜리 지폐 몇 장을 받아 바지 주머니에 넣으며 요즘 종잇값이 똥값이라 트럭으로 거둬 가지 않아 많이 나온다고 했다. 할머니는 "저 푸른 초원 위에 그림 같은 집을 짓고 사랑하는 우리 님과 한 백 년 살고 싶어" 노래를 부르며 털털거리는 리어카를 가뿐하게 끌었다.

어느 날 할머니가 버들에게 물었다.

"버들아, 소주는 틀어박혀 꿈쩍 안 하네. 강바람 쐬러 가는지 밤에 나가더라."

"나도 잘 몰라요. 저번에 이젤이랑 스케치북 사 들고 오는 건 봤지만."

"이젤이 뭐꼬?"

"그림요. 그림 그리는 사람한테 필요하죠."

"그림 그리는 꼬라지도 못 봤는데, 우리 집에 그림쟁이 글쟁이 있네."

"할매, 그건 꿈이죠. 화가가 꿈이고 글 쓰는 게 꿈이겠지요."

"꿈? 니들 어느 세월에 꿈 이루어 돈 벌겠노? 딱도 하네 쯧쯧!"

"할매, 꿈은 꾸는 걸로도 행복해요. 사람에 상처받은 나를 위로하고 삶에 끌려가는 나를 찾기 위해서요."

지가 어디로 끌려간다고 찾아? 끝말은 숭림사 스님 말씀하고 어째 비스름하구먼.

버들이 물었다. 작은 방 눈 큰 아가씨가 요즘 안 보인다고. 아, 영혜. 기도하러 날마다 뒷산 봉화산 올라가지. 그 애가 섶을 지고 불로 뛰어들었지. 부모가 교회 권사요 집사인데 공부도 때려치우고 신병에 저러니 저 엄마가 딸내미 여기 숨겼지만, 저 아빠한테 들키는 날엔 죽네 사네 야단법석 날긴데 내가 걱정된다.

어느 날 할머니가 대문을 들어서는데 마당에서 버들의 전화 목소리가 높았다.

"엄마, 나 고민 많이 했어. 부장 새끼가 한두 번도 아니고 성추행이라니까. 사장한테 말해도 외부에 알려지면 회사 큰일 난다고 펄쩍 했어. 여직원들한테 더러운 손으로 소문난 새끼라니까. 뭐! 조용히 넘어가면 된다고? 엄마, 나 정신과 약 먹고 있어. 오죽하면 사표 낼까. 엄마 제발 오지 마. 내가 좀 안정되면 다시 전화할게."

할머니는 가끔 별식을 하며 마당의 평상에 상을 차려 객식구 불러 같이 먹었다. 할머니 이름이 왜 막순이냐는 강버들 물음에 아버지가 딸 그만 낳으라고 막순이라 지었는데 딸만 다섯 더 낳았다고 했다. 할머니는 낮에 경로당에 나가 놀았고, 가끔 머리 하얀 친구들이 찾아와 부추전 아귀찜을 해 먹으면 종일 놀다 갔다.

할머니가 흉악한 꿈을 꾸고 소스라치게 놀라 일어났을 때는 바깥이 캄캄했다. 머리를 흔들며 정신을 차렸다. 불을 켜고 시계를 보니 4시다. 새벽꿈은 남의 꿈인데, 흉몽이다. 왈왈 개 짖는 소리다. 밤에는 목줄을 풀어놓는 영구 짖는 소리가 시끄럽다. 저 놈이 미쳤냐? 마당에 나와 보니 2호 방에 불빛이 있다. 야가 이제 껏 잠을 안 자나. 영구가 마당을 빙빙 돌다 2호실 앞에서 사납게 컹컹 짖었다.

"이놈아 한 대 맞을래? 와 이리 짖어샀노!"

늦게까지 컴퓨터 게임 했겠지, 하고 발걸음을 돌리다 할머니는 섬뜩한 예감에 거칠게 문을 쾅쾅 두드렸다. 대답이 없다. 현관문 손잡이를 돌리니 잠기지 않았다. 왈칵 현관문을 열어젖히는 순간 할머니는 그 자리에 퍽 주저앉고 말았다. 눈앞에 기다란 물건이 누워 있지 않은가. 냄새, 그 냄새다. 오메! 오메! 거실 바닥에 찌그러진 깡통에 타다 꺼진 연탄불이 보였다. 영구는 더 크게 짖기 시작했다. 할머니는 청년을 마구 흔들었다.

"이놈아! 이—놈—아! 정신 차려라! 이놈아!"

"버들아! 버들아! 가시나야! 어서 나와 봐라! 크, 큰일 났다!"

어둠을 찢는 고함에 버들이 영문도 모르고 잠옷으로 나왔다가

기함을 했다.

"아구구, 하느님! 이 일을 어쩌누? 빨리 끌어내자!"

"이놈아! 쇠 빠져 죽을 놈아! 빌어 처먹을 놈아! 제발 정신 차려라! 전화! 전화!"

할머니와 버들은 안간힘을 다해 입에 거품을 문 소주영을 마당으로 끌어내었다. 버들은 핸드폰에 사람 죽는다고 비명을 지르고, 할머니는 마당의 수돗물을 바가지에 떠 와 소주영 얼굴에 확 뿌렸다. 그러고는 안채로 달려갔다. 물김치! 물김치를 외쳤다. 할머니는 소주영 입을 숟가락 두 개로 우악스레 벌리고 버들은 와들와들 떨리는 손으로 시키는 대로 물김치 국물을 소주영 입 안으로 떠 넣었다.

"살려 주소! 살려 주소! 하느님 부처님! 젊디젊은 이놈 명줄 끊지 말고 부디 살려 주소! 이놈아 정신 차려라! 제발 정신 좀 차려라!"

할머니는 소주영 뺨을 철썩철썩 때리고 버들은 허둥지둥 대문을 열었다.

이틀 뒤, 버들과 주영이 대문을 들어서는 순간, 할머니가 굵은 소금 한 줌을 주영에게 확 뿌렸다. 그래도 성이 안 풀려 수돗물 한 바가지를 주영에게 덮어 씌었다.

"육실헐 놈! 염병할 놈! 어디라고 들어오냐? 썩 나가지 못할까!

천금보다 중한 것이 사람 목숨인데, 하루만이라도 더 살라고 빌고 비는데, 못돼 처묵은 노—옴!"

주영은 고개를 푹 숙이고 할머니는 화를 퍼부었다. 버들이 주영 옆구리를 찔렀다. 그래도 주영은 핼쑥해진 얼굴에 입술을 꽉 깨물고 땅만 내려다보고 서 있었다.

"그래, 와 하필 내 집이냐? 팔십 묵은 늙은이가 젊은 놈 송장 치우라고 그 짓 했냐? 날 몰짝하게 보고서! 죽고 싶다고 죽으면 나는 100번 1,000번도 더 죽었다, 이놈아!"

할머니는 새삼 분한지 부들부들 떨었다. 버들이 주영을 2호실로 밀어 넣었다.

"그래도 저 자식 안 죽었으니 다행이지요. 할매가 일찍 발견했기에 살렸어요. 저도 사람이면 잘못한 것 알겠지요."

"내가 간 떨어져 죽는 줄 알았다. 저놈! 멍석말이할 저놈, 은자 살긴 살겠쟈?"

할머니는 가슴을 누르며 지그시 눈을 감았다. 노인 얼굴 주름 골이 깊어지고 검버섯이 더 생겼다. 옛날 지지리 가난했던 시절, 부엌 딸린 단칸방에 스며든 연탄가스에 세 식구 한꺼번에 죽을 뻔했던 일이 떠올라 새삼 끔찍스러웠다. 문득 작은방 영혜가 산에 기도 가면서 툭 던진 말이 떠올랐다.

"할매, 깜짝 놀랄 일이 불같이 닥칠지 몰라. 밖에서 온 사람 조심해."

예사로 들었더니 그게 그거였구나. 버들을 불렀다. 오븐에 큰 대접 가득 전복죽을 퍼 담고 김장 김치 물김치도 놓였다.

"망할 놈 퇴원한다 해서 죽 좀 쑤었다. 처먹든지 말든지 갖다주 거라."

"고마워요 할매, 이거 병원비로 주신 돈, 주영이 돌려드리라고 주네요."

"니가 와 고맙노? 저놈, 빈 깡통인 줄 알았더니 묵고 죽을 돈은 지닌 모양이제."

저도 잠자다 날벼락 맞았는데. 저놈 몸 추스르면 내보내야지. 전에 강 사장이 사정해 고깃배 타는 동남아 인간들 셋방 주었는 데 어느 날 갑자기 경찰들이 들이닥쳐 온 집 안을 다 뒤지고 난 리가 났지. 솥단지 화장실 변기 베개 이불속까지 뒤집었지. 영구 집도 뒤엎고. 그 망할 자슥들이 저들끼리 뽕을 맞았다던가 먹었 다던가. 몽땅 경찰서로 끌려가고 동네가 발칵 뒤집히고. 그때부 터 방 비워 두었는데 이번에 벽지 장판 싹 다 바꾸고 새로 꾸며 젊은 애들 들였는데. 저 자슥이 또 사람 잡으니 내가 겁나서 어 디 맘 놓고 살겠냐? 집에 사람 냄새 나고 말소리 들리는 게 좋아 월세도 남들 반만 받는데. 주영은 끝까지 입을 다물었다. 어쨌든 살아났으니 그냥저냥 넘어갔지만 할머니에게 미운털이 오지게 박

했다. 할머니가 썩 나가라고 해도 주영은 꿈쩍 안 했다. 작은방 영혜는 새벽마다 봉화산에 지극정성 기도 다녔다.

가로수 벚꽃이 피었다. 연년이 보는 꽃이건만 연분홍 꽃잎은 사람들 가슴을 설레게 했다. 강 건너 30리 강둑길에 흐드러지게 핀 꽃구름과 노란 유채꽃밭에 상춘객이 몰렸다. 바람이 불면 꽃 잎은 나비가 되고 꽃비가 되는 벚꽃 터널길을 사람들은 즐겨 걸 었다.

해 뜨는 집에 또 난리가 났다. 영혜 아빠가 숨을 헐떡이며 들이 닥쳤다.

"네가, 하나님 자손인 네가, 내 딸인 네가 감히 그럴 수 있냐? 우상을 섬기다니? 하나님 징벌이 두렵지 않니? 영혜야, 회개하고 용서를 빌어라. 늦지 않았다. 당장 아빠 손잡고 우리 교회 가서 주님께 용서를 구하자!"

아빠는 딸의 팔을 우악스레 잡아끌었고 딸은 방문을 잡고 힘 껏 버티었다.

"아빠, 저 굿당에서 신내림 받았어요. 그렇게 오랫동안 괴롭힌 제 가슴 병도 이젠 나았어요. 저는 제 길을 갈 거예요. 자식 하 나 없다고 생각하세요. 저는 이제 신 엄마 딸이니 그곳에 가야 해요!"

"야! 제발 정신 차려! 넌 마귀에게 단단히 씌었다고. 당신은 애가 이렇게 되도록 뭐 했어? 학교 다니는 줄 알았더니 하나님께 큰 죄를 짓고 있었어! 아, 정말 미치고 환장하겠네!"

"시간 지나면 주님 앞으로 돌아올 줄 알았지. 이 일을 어떡해? 목사님 얼굴을 어떻게 봐? 교회 사람들은? 겁나서 죽겠어. 우리 큰 벌 받을 거야! 우리 영혜 어떡해?"

영혜도 엄마도 울고 영혜 아빠는 분노를 참지 못해 책상 위 가족사진을 망치로 내리쳤다. 영혜는 아빠가 책상이며 노트북, 핸드폰 등 세간을 전부 부숴 버린 이튿날 해 뜨는 집을 떠났다. "할매, 그래도 난 내 길을 갈래요." 퉁퉁 부은 얼굴로 생긋이 웃으며 떠나는 영혜 손에 막순 할머니는 쌈짓돈 30만 원을 한사코 쥐여 보냈다.

꽹 꽹 꽹 꽹, 꽹과리 소리가 자지러지고 둥 둥 둥 둥, 북소리가 파도 따라 밀려갔다 밀려왔다. 가덕도 바닷가 자갈밭에 굿판이 벌어졌다. 할머니 아주머니 구경꾼들이 모였다. 장대 높이 쳐 놓은 줄에 진홍색 함박꽃이 부얼부얼 피었다. 노란색, 분홍색, 남색, 흰색으로 만발한 지화紙花가 바닷바람에 너울너울 흔들리고, 모습 본떠서 걸어 놓은 용왕님, 해양신, 해풍신, 토지신, 산신, 조왕신 등 불려 온 여러 신들이 덩실덩실 춤을 춘다. 징징 징징 징징, 징 소리가 파도를 넘고 해풍을 가른다.

천도재 의식이 시작되었다. 어부의 혼백, 수중고혼 건지는 의식으로 망자의 혼을 부르는 무당의 애절한 몸짓과 한 맺힌 절규가 둘러앉은 여인네들 가슴을 울려 준다. 살풀이춤이 시작되었다. 한평생 고깃배를 탔기에 인근 바다를 땅 위보다 잘 알던 사내. 혼자 나갔던 새벽 뱃길에서 회오리바람에 작은 고깃배가 뒤집혀 시체도 못 찾은 일흔일곱 살 박판수 선장. 물속에서 헤매는 불쌍한 영혼 제발 보내 주십사 용왕님께 빌며 무거워진 몸 가벼이 떠오르라고 무당은 애원한다. 그렇게 바다에서 건진 한 많은 영혼을 위로하고 달래어 편안히 저승으로 인도하는 천도재다. 절벽에서 부서진 고깃배만 발견되고 성구 아버지는 끝내 찾지 못했다. 자갈밭에 떡 벌어진 제상에 웃고 있는 잘생긴 돼지머리 입에 만원, 5만 원짜리 지폐가 물려 있고, 떡함지며 사과, 배, 수박, 참외 등 과일들도 높게 고여져 있다. 넘치는 술잔에 고봉으로 담은 쌀밥이며 커다란 문어며 조기, 전들도 두텁게 고여 있다. 허기지고 서러운 대주 혼백과 물색없이 주르르 따라온 잡귀들도 배부르게 음복하라고 푸짐하게 차려진 제상이다. 흰옷에 고깔을 쓰고 오색 띠를 두른 만신이 혼대를 잡고 펄쩍펄쩍 뛰다 흐느끼기 시작했다. 처자식 돌보느라 못 먹고 못 입고 한평생 바다에 살다 수중고혼이 된 망자의 피맺힌 절규에 고인의 늙은 아내는 제상 앞에 엎드려, '내가 잘못했소. 이녁한테 돈만 밝힌 내가 죽을 죄인이오. 바다 그만 나가라고 붙잡을 것을!' 하고 피눈물을 뿌렸다. 아들, 며느리, 딸, 사위 들이 아버지 저승 갈 노잣돈을 놓으며 눈물 바람이다. 둘러앉은 여인네들 콧물 눈물 훌쩍이고 네댓 명 망자의 늙은 친구들도 손등으로 눈가를 훔쳤다. 막순 할머니 손수건도 함뿍 젖었다. 굿판에서 멀찍이 선 주영은 귀를 막고 버들은 핸드폰을 검색하며 두 눈을 반짝였다.

"검색하니 수망굿이라고 나오네요."

"난 먼저 갈래요. 시끄러워 정신이 없네."

"가더라도 할머니한테 말은 하고 가야지."

버들이 사람들 사이를 비집고 들어가 집에 가겠다고 하자 할매가 따라 나왔다.

"니들 그냥 가지 말고 동참해야지. 노잣돈 얼마라도 놓고 가거라."

소주영 눈이 둥그레졌다.

"왜요? 어디에요?"

"제상에 놓던지, 웃는 돼지 입에 물려 주든지 성의대로."

버들이 만 원을 주어 할머니가 대신 제상에 올리고는 허리가 아프다며 자리를 털고 나왔지만, 버들이 보기엔 눈물을 감당 못해 나오는 것 같았다. 버들이 차를 몰아 나오는데 둥 둥 둥 둥, 북소리가 줄곧 차 꽁무니를 뒤따라왔다.

"니들 천도재 첨 구경하제?"

"굿은 왜 하는데요? 미신 아니어요?"

"쉿! 야가 무슨 소리하누, 부정 탈라! 남은 가족들이 험하게 간 가장 수중고혼 건져 잘 달래어 한을 풀고 극락왕생시켜야지. 그렇게 하는 것이 산 사람도 안심하고 사는 거여. 그냥 두면 혼백이 시퍼런 바닷물 아래서 얼마나 춥고 무섭겠냐."

"진도 용왕제 한번 구경하고 싶었는데 오늘 수망굿 구경 잘했어요. 생생하게."

"난 괜히 와 재미없어,"

뒷자리에 앉은 할머니가 손을 뻗쳐 주영이 머리를 딱 때렸다.

"이 썩을 놈아, 니가 객귀신 될 뻔하고선 그런 말이 나오냐? 구만리 사람 앞날을 누가 아노? 니도 언제 귀한 사람 될지 어찌 알아. 버들아, 너 영혜, 아니 봉화 보살 못 봤지? 신 엄마가 데리고 다니는지 흰 고깔 쓰고 앉아 북 둥둥 치더라."

버들과 주영은 놀라 입을 다물었다. 바닷가를 돌아 집 가까이 왔다.

"할매, 저기 녹산 다리 옆 조그만 산 이름 있어요?"

"야가 무슨 소리 하누? 그 유명한 노적봉인데. 임진왜란 때 이순신 장군이 짚과 섶으로 섬을 둘러싸서 조선 수군의 군량미가 산더미같이 보이게 해 왜적을 물리친 노적가리 섬도 모르는 종자들 어다 쓰겠노?"

"노적봉요? 주영 씨, 우리 노적가리 섬 둘러보아요?"

주영이 고깃배를 타기 시작했다. 젊은 놈이 밤낮 방구석에 처박혀 잡생각이나 한다고 할머니가 숭어잡이 김 사장에게 부탁해 뱃놈 만들라 했다. 그러나 주영은 똥물까지 올리는 심한 뱃멀미로 반나절을 못 버티고 패대기가 되어 갯가에 던져졌다. 할머니는 본척만척 그렇게 열흘을 고생하더니 나아졌다. 봄 숭어잡이 철이라 다들 바쁜데 뱃일 풋내기도 못 되는 주제에 주영은 일주일에 한 닷새 일하고는 실실 놀았다. 쓸 만큼만 벌면 된다고 우겼다. 쯧쯧, 못난 놈!

봄날, 막순 할머니가 바람도 쐬고 경마장 구경 가자고 했다. 경마장이 부근에 있어 버들이 차를 몰았다. 넓은 경마장 이곳저곳 구경하며 주스와 커피를 마시고 간식도 사 먹었다. 버들은 망아지에 눈이 꽂혀 자리를 떠날 줄 몰랐다. 할머니도 볼거리가 많아 애들처럼 즐거워했다. 평일인데도 사람들이 많았다. 경마장에 온 기념으로 마권도 샀는데 할머니는 경마도 노름이라고 못을 박자 주영은 별걱정 다 한다고 툴툴거렸다. 그러나 경마가 시작되자 늘씬하게 잘빠진 경마에 기수들이 올라타고 말발굽 소리도 요란하게 번개같이 트랙을 돌자 관객들 너나없이 자리에서 일어나 와아! 환호성을 올리며 응원하기 시작했다. 버들과 주영은 눈 깜짝할 새 끝나 버린 경마가 너무 신기해 넋을 잃은 듯했다. 이날 할머니, 버들이 산 마권은 꽝이었고 소주영은 몇 배 수익을 올려 입이 벌어졌다. 돌아오는 길에 주영이 식당에서 삼겹살을 쏘았다.

이후 주영의 경마장 출입이 잦아졌다. 고깃배를 타는 날이 많아지고 바닷바람에 검게 탄 주영의 얼굴에 화색이 돌았다. 주영이 쉬는 날 잔소리했다.

"이 자슥아, 경마장 자꾸 갈래? 한 푼 벌면 경마에 탁 털어 넣고 잘 논다."

"할매요, 나 중학교 때부터 별별 일 다 했어요. 공부는 뒷전이고 밤에도 일했어요. 친구들과 노래방 가고 싶어도 일만 하는데 누가 친구 하겠어요? 나를 위해 돈 쓴 적 한 번도 없어요. 고깃배, 멀미해 미칠 것 같고 생선 비린내로 속이 뒤집히는데 너무 즐겁고 행복해요. 경주마 뛰면 내 가슴도 같이 뛰어요. 돈 벌어 이렇게 가슴 펄펄 뛰게 쓰는구나 싶어요. 할매, 나 지금 행복하니 그냥 둬 보세요."

"쯧쯧, 니놈 인생도 업장이 많구나! 니가 벌어 니가 쓰는데 누가 말리겠노."

어느 날 중년 부부가 찾아왔다. 영구가 컹컹 짖었다. 그들은 개가 목줄에 묶여 있는 것을 보고 안심하는 눈치였다. 서울 사람들인가. 얼굴이 희멀쑥하고 키가 크고 어깨가 벌어지고 체격 좋은 남자는 진회색 양복을 입었고, 여자는 화사한 꽃무늬 원피스에 카디건을 걸쳤는데 화장을 아주 진하게 하고 리본 달린 흰 모자를 쓰고 있었다.

"누구 찾능교?"

"소주영, 여기 살고 있지요?"

"누군데 주영이 찾는 거요? 어디서 왔소?"

"서울서요. 찾긴 찾았네. 내 아들이오."

쯧쯧 몇 달 만에 아들자식 찾아오면서 빈손으로 오는 부모가 어딨노.

"우리 애 어디 갔나요?"

"알라도 아니고 어디 가면 간다고 말하고 댕기야 알지."

"일요일이라 집에 있을 줄 알았는데, 그럼 소주영 방은 어디요?"

"저기요. 그 자슥은 문 잠그고 다니던데."

남자가 현관 앞에서 문을 열려 했으나 역시 잠겨 있었다. 다른 키 있으면 달라고 했지만 할머니는 없다고 잘랐다. 그들은 마당의 평상에 걸터앉았다.

"할머니, 주영이 일은 잘 다니지요? 회사 다녀요?"

"돈 벌면 번다고 못 벌면 못 번다고 이 늙은이한테 말하겠소."

"저기요, 주영이 전세 얼마 걸었어요?"

"전세? 배 터지게 많이 걸었지. 나가라 해도 안 나가고 있소."

"자식이 핸드폰도 바꾸고. 할머니, 주영이 핸드폰 번호 알지요.

불러 줘 봐요."

"보소, 아흔 밑자락 깐 늙은이가 그 긴 번호 우째 외울끼요."

할머니는 집 안으로 들어와 버렸다. 창문으로 내다보니 그들은 얼마간 앉아 있다 나갔다. 영구가 괜스레 컹컹 짖었다. 저녁때 주영이 돌아왔다. 영구가 꼬리를 흔들며 컹컹 반기자 주영이 영구 머리와 목을 쓸어 주었다. 처음에는 쳐다도 안 보더니 어느새 둘은 친해졌다. 뒤이어 낮에 찾아왔던 주영이 부모가 들이닥쳤다. 역시 빈손이었다. 조금씩 큰소리가 났다. 할머니는 궁금증에 주영이 방 가까이 갔다.

"너 일도 안 하며 뭐 먹고 사는데?"

"하루 막노동하면 며칠은 먹고 살아요."

"주영아, 오랜만에 아버지 보는데 우리 생활비 좀 줘라. 차비도 빌려서 왔는데. 너 전세 걸린 돈 잠깐 좀 빼 줘라. 자식이 부모 생활비는 대 줘야지. 안 그래?"

"갑자기 사라진 너, 아버지가 얼마나 찾았는데. 자식 아니면 그리 찾겠니?"

"나 보고 싶어 찾았어요? 나 죽다 겨우 살아났어요. 병원 다닐 돈도 없었어요. 중학생 때부터 알바란 알바는 다 했잖아요. 공사장에서 추락해 팔 비틀어져 군대도 못 가고. 여태껏 등골 빼먹었으면 됐지. 아버지도 아줌마도 아직 펄펄한데 왜 일 안 하고 남등이나 치고 사는데요?"

우당탕 소란이 일어났다. 주영의 볼멘소리가 터져 나왔다.

"왜 때려요? 나 사는 꼴 보고도 그런 말이 나와요? 이 방 다 뒤져 봐. 돈 나오면 가져가라고. 난 부모 없어. 없단 말이야. 다시는 나 찾지 말라고! 이 세상에서 난 흔적 없이 사라질 거야. 고아가 백번 낫겠다!"

주영이 신발을 끌며 후다닥 뛰쳐나와 대문 밖으로 사라졌다.

"야! 나도 너 같은 쥐새끼 없는 게 백번 낫다! 먼 길 왔는데 밥 한 끼 대접할 줄도 모르고, 용돈 쥐여 줄 줄 모르고, 완전 후레자식이야!"

밤늦게 돌아온 주영이 평상에 누워 있어 방에 가 자라고 하자 "할매, 내 노트북하고 피규어가 없어졌소." 하고 킥킥 헛웃음을 웃었다.

어느 날 버들이 말했다.

"주영 씨, 경주마들 세계 그려 볼래요? 그 애들 정말 할 말이 많아 보이던데. 난 경주마 멋진 갈기 레게 머리 해 주고 싶어."

"나는 갈기 휘날리며 달리는 말들의 질주 본능에 미치겠어요."

"그림도 좋고 만화도 좋고. 난 망아지들이 너무 사랑스러워. 동화 쓸까 봐."

버들은 경마장을 자주 찾았다. 인적이 뜸한 풀밭에 놀고 있는 망아지들을 관찰했다. 귀여운 눈망울 콧잔등 쫑쫑 땋아 주고 싶은 꼬리, 서서 잠을 자다 작은 인기척에도 놀라 깨어 주변을 살피는 예민한 성격이며 꼬리를 들어 올려 장난치다 폴짝폴짝 달리는 모습들을 사진에 남기며 노트북도 검색했다.

"할매, 주영이 경마 안 해요. 경주마들 스케치하는데 스케치북 스무 권도 더 그렸어요. 자신이 이젠 행복하대요. 나는 동화 쓰려고요."

우울해하던 버들이 활짝 웃었다. 주영이 쉬는 날엔 둘이 경마장 가는 모양이다. 그리고 버들이 소개해 3호실 셋방이 나갔는데 시인이라고 했다.

막순 할머니가 몸살감기인지 며칠을 꼼짝 않았다. 부녀회에서 다녀가고 봉사회원들이 방문해서 알았다. 버들이 흰죽을 끓여 들고 갔다. 거실 아닌 안방은 처음인데 침대와 문갑 텔레비전만 놓인 정갈한 방이었다. 많이 아팠는지 할머니가 수척했다.

"회원들이 죽이며 미음이며 숭늉까지 갖다 났는데, 니가 우째 죽을 다 끓여 오누? 늙어서 주위에 폐 안 끼치려 했는데 이러고 있구마."

버들이 방 안을 둘러보다 벽에 걸린 P 대학 장학금 감사장을 발견했다.

"할매요, 대학에도 장학금 기부했어요?"

"우리 영감님 돌아가시고 가산 정리해서 울 아들 대학에 형편 딱한 학생들 등록금 대 주라고 기부했어."

"아들은요?"

"그놈이 날 버리고 먼저 갔어! 저 아부지하고 같이."

할머니는 금세 두 눈에 눈물이 글썽글썽해졌다.

하굿둑이 놓이기 전 을숙도는 강가에 노는 새, 하늘을 나는 새의 서식지요 해마다 몰려오는 철새들 천국이었다. 개펄은 작은게, 조개, 고기, 곤충 등 온갖 생명의 근원지였다. 을숙도는 낙동강 1,300리를 유유히 흘러온 강물이 여기 을숙도에서 바닷물을 만나 천천히 몸을 섞는 기수역으로 유명했다. 기수역에는 고기가 몰려들어 고기 잡는 사람이 많았다. 김막순 씨 남편은 고깃배를 가지고 있어 을숙도에서 제일가는 고기잡이 선수였다. 당시 주낙으로 잡는 민물장어는 전부 일본에 수출했다. 조기, 가오리, 도다리 같은 고급 고기는 막순 씨가 머리에 이고 구포 장에 가 팔았다. 재첩도 강에 나가 삽으로 뜨고 소쿠리로 건지면 금방 고무통 가득 잡아 재첩 장사한테 넘겼다. 여름 장마 때면 강둑이나 갈대숲에 장정 허벅다리보다 굵은 잉어들이 잡혔는데 누른 황금 잉어는 비늘도 정말 아름다웠다. 부부는 그때가 돈도 잘 벌고 제일 행복한 시절이었다. 을숙도에 6차선 하굿둑이 놓이고부터 거대한 수문에 막혀 바닷물과 강물이 만나지 못하게 되자, 기수역은 그 기능을 잃어 그 많던 고기들도 재첩도 사라져 갔다. 남편은 을숙도 고기잡이를 접고 배를 몰고 바다로 나갔다. 부부는 해 뜨는 집을 두고 가덕도로 이사했다. 할머니는 물질을 했고 남편은 일꾼을 데리고 바다에서 고깃배를 몰았다.

외아들이 휴일에 집에 왔을 때였다. 평소처럼 바다에 쳐 놓은 그물 둘러보고 아들 먹일 싱싱한 횟감이나 몇 마리 잡아 오겠다고 나가는 아버지 고깃배에 아들이 타겠다고 고집을 부렸다. 내외가 만류해도 아들은 구명조끼를 입고 장화를 신고 따라나섰다. 일기예보는 괜찮았는데 8월 초아흐렛날 아침나절 난데없이 먹구름이 몰려오고 천둥 번개가 쳤다. 거센 바닷바람에 집채보다 높은 파도가 휘몰아쳐 한순간에 작은 고깃배를 들배지기로 넘겨 버렸다. 아버지의 비명이 물결을 갈랐다.

"욱아! 욱아! 붙잡아! 꽉 잡아야 산다!"

다시 한번 배가 뒤집혔을 때 아들이 성난 파도에 떠밀려 저만치 가고 있었다.

"욱아! 기다려! 아버지가 구해 줄게!"

아버지는 아들을 향해 무소같이 바다에 뛰어들었다. 그러니 성난 파도는 두 부자를 더 먼 바다로 밀어내 버렸다. 하늘은 끝내 무심했고 바다는 말이 없었다.

막순 씨는 지옥보다 무서운 세월을 꾹꾹 눌러살았다. 전복, 소라, 문어를 잡아도 실한 놈 잡았다고 반기는 사람도, 초장 찍어 맛나게 먹을 사람도 없으니 테왁도 망사리도 허리에 둘렀던 납덩이도 내던져 버렸다. 호오이— 호오이— 숨비 소리만 물질할 때보다 더 자주 나왔다.

몸서리나는 그 바다를 떠나 본디 살았던 낙동강이 보이는 녹산 동쪽 집으로 돌아왔다. 집터에 딸린 텃밭에 매달렸다. 무 시금치는 키워 절에 보내고 상추 깻잎 부추는 경로당에, 통통한 배추는 이웃 돕기 김장 배추로 보냈다.

"파지 줍는 그거라도 안 하면 내가 무슨 낙으로 살겠노? 내사 낙동강을 안 보고는 숨통이 막혀 하루도 살 수가 없느라. 이 집도 좋은 일로 쓰이게 하고 싶은데. 구청에 부탁해 나 죽고 나면 해 뜨는 이 집에 아름다운 젊은이들이 여기 머물다 가면 좋겠는데. 너희처럼 글도 쓰고 시도 쓰고 그림도 그리면서 말이다."

동녘 하늘에 일출이 시작되었다. 붉은빛 기운이 천지에 뿌려졌다. 집도 나무도 막순 할매 얼굴도 발갛게 물들었다. 붉게 물든 강물은 유리 조각처럼 윤슬에 반짝이고 새들은 한가히 물 위를 날고 고기들은 점프하느라 여기저기서 풀쩍풀쩍 물 위로 솟구쳐

올랐다.

　강원도 태백 황지서 발원해 강마을 어진 이들의 기쁨과 눈물 소원을 너른 품에 안고 유유히 흘러온 낙동강! 기름진 땅 서낙동강 하구를 돌아 마지막 기수역 노적봉에서, 먼 옛날부터 전해 오는 전설처럼 오늘도 강물은 바닷물을 만나 천천히 천천히 몸을 섞어 저 넓은 바다로 나아갈 꿈을 안고 기다린다.

꽃을 안은 여자

✢

　　전화를 받지 않는다. 통화 대기음은 계속 울리는데도 그녀가
전화를 받지 않는다. 혹시 못 받는 걸까? 나는 핸드폰을 쉽게 닫
지 못하고 기다렸다. 불길한 예감이 얼핏 지나갔다. 아니야. 아파
트 단지서 운동하고 있는지 모르지. 나는 참을성 있게 통화 대기
음 울리는 핸드폰을 귀에 대고 있었다. 금방이라도 아주 힘없는
목소리로 여―보―서―요, 할 것 같았다. 저번에도 아주 낮은 가
느다란 목소리로 말하지 않았던가. 혹시 몸이 더 나빠졌을까? 나
는 걱정되는 마음을 어쩌지 못하고 핸드폰을 닫았다. 그동안 너
무 소원했던 것 같다. 해가 바뀌고 풍경화 새 달력 건 지도 벌써
몇 달이 지났다. 시간은 왜 이리 빠르게 가는지. 그녀에게 전화하
지 않았다. 잘 지내는지 궁금한 마음은 있었으나 바쁜 일상에 차
일피일 미루어졌다. 그녀는 발병하고부터 전화를 잘 하지 않아

내가 가끔 전화해 그동안의 소식을 듣곤 했다. 근래 나는 전화하기가 사실 망설여졌다. 몸이 더 나빠졌다는 소식을 들을까 두려웠다. 그녀는 3년 전 예사로 받은 의료보험 건강검진에서 폐암이 발견되는 충격적인 일을 겪었다.

"지아 엄마, 나 어떡해? 폐암이래. 아픈 데 없어. 거짓말 같아. 검진 잘못된 거지?"

덜덜 떨리는 그녀 목소리가 내 귀에 고스란히 전해졌다. 평생 담배 한 번 핀 적 없고, 공기 나쁜 공장 근처 산 적도 없고, 공해 공장에 일 다닌 적도 없는데 무슨 폐암이냐고 화를 내었다. 다른 사람 검진 차트랑 바뀐 것 아닐까 했다. 나는 위로하며 큰 병원 가서 다시 검진받을 것을 권하는 수밖에 없었다. 그러나 폐암은 사실이었다. 대학 병원에서 폐암 1기로 진단되어 수술했다. 수술이 잘되어 방사선 치료만 받고 항암 치료는 받지 않아 얼마나 다행으로 여겼는지 모른다. 건강관리 잘하겠다고 다짐했는데 지난해, 수술한 폐암은 나빠지지 않았는데 암이 한쪽 뇌로 전이되어 다시 수술받았다. 나는 그 나쁜 병마가 그녀 몸 다른 곳에 전이될까 항상 걱정되었다. 솔직히 나쁜 소식 듣게 될까 두려워 전화를 미루게 되었는지 모른다.

며칠 전 꿈을 꾸었다. 그녀와 둘이 기차를 타고 있었는데 그녀는 손에 검은 보자기를 들고 있었다. 우리는 말없이 어디론가 가고 있었는데 중간에 나만 내렸다. 나는 중요한 모임에 간다고 어떤 역에서 내렸는데 이상하게 낯선 길이라 모임 시간 늦어질까 걱정하며 길을 찾다 깨었다. 그녀가 D 시로 이사 가고 꿈에 나타난 것은 처음이라 이상한 마음이 들었다. 나는 사람들이 자랑하는 영험한 꿈 같은 건 꾼 적이 없다. 좋은 꿈을 꾸고 달려가 로또 산 적도 없다. 가끔 꿈을 꿔도 깨고 나면 잊어버리는 개꿈이기에 꿈에 별로 의미를 두지 않았는데 이번엔 이상한 생각이 들었다. 왜 난데없이 그녀가 꿈에 보이지? 지병이 악화했나? 전화라도 해볼까, 전화해 안 좋은 소식을 들으면 어떡해? 마음이 싱숭생숭해 선뜻 전화하기가 망설여졌다.

계절은 어김없이 찾아왔다. 4월 초입, 조석으로 찬 바람이 불어도 가로수 벚나무에 화사한 벚꽃이 피어 오가는 사람들을 행복하게 만들었다. 가까운 공원에도 연분홍 벚꽃이 활짝 피어 오가는 이들의 눈길을 사로잡더니 짓궂은 비바람에 후르르 꽃비가 되었다. 떨어진 꽃인들 꽃이 아니랴. 검붉게 물오른 성성한 나뭇가지에 어느새 연두 새잎들이 얼굴을 내밀었다. 화사한 봄날이다. 흰색 진홍색 철쭉 핀 길을 걸으니 그녀와 같이 걸었던 봄날이 생각났다. 그녀는 야외에 나가면 너무 즐거워했다. 마흔 살 아줌마는 간 곳 없고 소풍 나온 초등생 어린이가 되었다. 예쁘게 말아 온 김밥을 먹고 과일 등 디저트를 먹으며 행복하다고 했다.

그나저나 왜 전화를 안 받지? 무슨 일이 있는 것일까? 미뤄 둔 일처럼 신경이 쓰였다. 아무래도 그냥 지나칠 수 없어 이튿날 다시 그녀 전화번호를 터치하고 핸드폰을 바짝 귓가에 가까이 댔다. 통화 대기음이 울린다. 1초, 2초, 3초…. 결국 통화 대기음이 끊어졌다. 주인 없는 핸드폰? 폐암이 재발? 수술한 한쪽 뇌는 괜찮을까? 그간 내가 너무 무심했어. 몸 좀 어떠냐고, 식사는 잘하냐고 위로할 것을. 큰 병 걸린 사람인데, 아픈 몸 견디기 얼마나 힘들까. 정기적으로 병원 검진받으러 다니기도 예삿일이 아닐 터인데.

또 하루가 지났다. 그녀 핸드폰은 방치된 것일까? 아니면 병원에 입원해 전화도 못 받을 상황인가. 세 번째 전화다. 죽었는지 살았는지는 알아야 할 것 같았다. 오늘도 전화 안 받으면…. 설마 무슨 일 난 건 아니겠지. 전화 받으면 언니 안 죽었어? 하고 먼저 물을 것 같다. 아니지, 언니 많이 아파? 힘들지? 하고 위로부터 해야지. 쯧쯧 제발 전화 좀 받아, 받으라고요! 그러나 통화 대기음만 계속 울릴 뿐 핸드폰 주인은 끝내 내 전화를 받지 않았다.

우리는 조용한 주택가 이웃에 살았다. 우리도 그 여자도 새로 지은 붉은 벽돌 슬래브 주택에 살았는데 그 여자는 2층은 전세를 주고 1층에 살았다. 우리는 1층을 세주고 2층에 살았는데 우리 집과 그녀 집 사이에 비슷한 주택 서너 채가 있었다. 초등학교가 부근에 있고 재래시장, 마트, 지하철도 10분 남짓 거리에 가까이 있어 생활하기 괜찮은 주택지였다.

내가 그녀를 알게 된 것은 꽃 때문이었다. 이곳으로 이사 오고 나서 시장이나 마트에 갈 때 주택지를 지나는 길에 유달리 꽃을 많이 키우는 집이 있었다. 가끔 열어 놓은 대문에서부터 마당에까지 여러 화분에 갖가지 식물들이 자라고 꽃이 피어 있었다. 4월, 노랑 빨강의 튤립 봉오리도 보였다. 그 집 앞을 지나면 걸음을 멈추고 대문이 열려 있나 들여다보았다. 주인이 꽃을 무척 좋아한다고 생각했다. 그날도 마트에 가는 길이었는데 안주인이 대문 가까이 놓인 화분들을 손질하고 있었다. 그 당시만 해도 주택에서 낮에 대문을 열어 놓기도 했었다. 나는 열린 대문에서 안을 들여다보며 처음으로 말을 건넸다.

"꽃을 많이 키우시네요. 너무 예뻐요."

꽃삽을 든 그녀는 고개를 들고 일어나서 나를 돌아보며 빙그레 웃었다. 선한 미소였다. 마흔 안팎으로 보이는 여자는 약간 긴 머리는 분홍 스카프로 질끈 묶었고 하늘색 블라우스에 검은색 주름치마를 입고 있었는데 보통 키에 수수한 인상이었다.

"꽃 보시려면 들어오세요. 마당에 꽃이 좀 피었어요."

나는 가볍게 인사를 하고 들어갔다. 천리향 향기가 코 속으로 스며들었다. 안으로 들어가니 타원형 현관 입구를 제외하고, 햇살 좋은 마당에 나무들이 많았다. 천리향과 라일락은 꽃 피기 시작이고 동백나무에는 새빨간 동백꽃이 피어 있었는데 나무 밑에는 통으로 툭툭 떨어진 동백꽃이 보였다. 철쭉은 자색 봉우리를 가득 달고 잎새 성성한 수국도 있었다. 나무들은 전지하는지 키는 크진 않았다. 천리향 향기가 집 안을 채웠고 나는 라일락을 좋아하는지라 가까이 다가가 보랏빛 그 향기를 흠뻑 맡았다. 자잘한 황매도 다발로 피고 있어 너무 예뻤다. 나무들 주위로 크고 작은 화분들이 있었는데 그중에서 노을빛 주황색 꽃을 여러 송이 활짝 피운 군자란이 단연 돋보였다. 어떻게 저렇게 잘 키웠을까 감탄했다. 고만고만한 화분에는 보라색 피튜니아, 마거리트, 베고니아가 꽃 피기 시작했고 국화 화분도 서너 개 보였다. 안방 창문 아래에는 아주 작은 분에 앙증스러운 다육식물들이 조르르 모여 있었다. 담장으로 책상 넓이 기다란 밭을 만들어 대파며 고추, 가지, 상추, 부추 등 채소들이 싱싱하게 자라고 있었다.

"어머나! 나무도 있고 꽃도 많고 채소들도 있고 너무 멋지네요."

나는 갑자기 그녀가 아름답게 보였다. 마음이 더 아름다운 여자인가 봐!

지윤희 씨. 외항선 타는 남편은 집에 없었고 중학생 외아들과 두 식구였다. 알고 보니 그녀는 우리보다 1년 앞서 새 주택을 사

이사 왔었다. 나는 그 후부터 그 집 앞을 지나다 대문이 열려 있으면 들어가 나무와 화분들을 구경하게 되었고, 남편 출근하고 애들 유치원 보내고 나면 잠깐씩 놀다 오기도 했다. 그녀는 나에게 작은 화분을 선물하기도 했는데 나는 화분 식물들을 잘 키우지 못하는지라, 가서 잘 키운 꽃들 구경하는 게 더 재미있었다. 그리고 그녀가 나보다 나이가 여섯 살 위여서 친해지고부터 언니라고 했고 그녀는 나를 지아 엄마, 또는 지아야! 하고 불렀다. 그 무렵 나는 낯선 동네에 이사와 아는 사람도 없는지라, 곧잘 빵이나 과일을 가져가 현관 앞 작은 의자에 앉아 나누어 먹으며 커피를 마시고 꽃향기를 맡고 꽃들을 감상했다. 그녀는 손바닥 텃밭에서 기른 상추와 부추를 두 식구 먹고도 남는다며 내게 주기도 했다. 그리고 내가 다 본 시집을 갖다주어도 그리 즐겨 보는 것 같지 않았다. 그녀는 나무와 화분을 돌보고 식물들 키우기에 언제나 열중했다.

어느 날 언니 남편이 집으로 돌아왔다. 외항선이 귀항해 하선했다고 했다. 언니는 통조림과 참치회, 비싼 선물용 보이차를 들고 우리 집에 왔다. 아저씨가 집에 있으니 나는 자연히 언니 집 발걸음이 멀어졌다. 6개월인가 쉬던 언니 남편은 다시 외항선을 타고 바다로 나갔는데 그동안 집수리를 하고 떠났다. 붉은 벽돌집 앞면을 제한 옆 뒤 외벽 페인트칠을 아저씨 혼자서 다 했다.

작업복을 입고 카우보이모자를 쓰고 기다란 사다리에 올라 롤러
붓을 매단 긴 막대로 뒷벽을 페인트칠했다. 바닥에 비닐과 신문
지를 잔뜩 깔아 놓고 물받이 옆이나 창문틀도 작은 붓으로 꼼꼼
하게 칠했다. 아저씨 얼굴은 검었고 무뚝뚝하게 보였다. 작은 키
에 마른 체격이었는데 애연가인지 담배를 노상 입에 물고 일했
다. 방수 페인트로 옥상 바닥까지 칠했다고 했다. 도색이 날아가
누르게하던 외벽들이 깔끔한 흰색으로 바뀌어 새집 같아 보였다.
챙 모자를 쓰고 목장갑을 낀 언니는 아저씨 보조가 되어 사다리
를 잡기도 하고 거들었다.

"언니 돈 벌었어. 페인트칠 맡기면 비용이 많다던데."

"그래. 엄청 많이 벌었지."

식혜를 했기에 한 병 갖다주러 갔더니 마당에 담배 피우는 언
니 남편이 있었다. 언니가 나를 인사시켜 주려 하는데 남편이 그
만 현관으로 불쑥 들어가 언니는 눈을 흘겼다.

아저씨가 다시 외항선을 타고 떠난 뒤 언니 얼굴이 밝아졌다.

"우린 결혼하고부터 이제껏 떨어져 살아선지 건호 아버지가 집
에 오면 마치 손님 같아. 이상하지?"

"오랜만에 부부가 만나 깨가 쏟아지는 줄 알았는데 웬일이래?
아저씨가 불쌍하네."

"그러게. 내가 나쁘지?"

"언니는 건호만 사랑하고 아저씨는 사랑 안 해요?"

"사랑? 무슨 사랑?"

그녀는 의아한 듯 고개를 갸웃했다.

"아저씨 계실 때 설악산이나 제주도 아니면 가까운 경주라도 다녀오지 않고."

"우리 건호 아빠는 나가는 것 싫어해. 한평생 바다에 살아 그런지 집에 오면 꼼짝을 않더라. 이번엔 페인트칠씩이니 했지만."

"언니가 옆구리 쿡쿡 찔러서 가자고 하지? 세상 구경하고 싶다고."

"고집이 세서 내 말은 안 들어. 그 사람은 자기 하고 싶은 대로 가만두어야 집구석이 편해."

"맛있는 요리나 해 드리고."

언니는 쓸쓸히 웃었다. 언니는 요리 솜씨가 좋았다. 특히 옛날 음식들을 잘했다. 팥죽, 호박죽은 물론 옻닭, 삼계탕, 장어구이, 아귀찜, 대구찜을 식당 것보다 더 맛있게 요리했다. 내가 시장에서 재료만 사다 주면 뚝딱 만들어 주었다. 인동초 줄기로 쌉쌀한 식혜도 만들었다. 언니에게서 많이 배웠는데 특히 만지기 어려운 생선 손질을 배웠다. 언니는 생선회도 너무 잘 떠서 깜짝 놀랐다. 어촌에서 자라 생선은 잘 만진다고 했다. 갈치젓, 밴댕이젓, 멸치 젓을 항아리에 직접 담가 먹었다. 그리고 아저씨가 배에서 내리면 꼭 손두부를 만들었다. 손두부는 남편이 제일 즐기는 음식이라고 했다. 언니가 남편 이야기를 별로 하지 않아 나는 아저씨가 외항선에서 무슨 일을 하는지 묻지 않았다.

그녀는 사치하지 않았고 밖으로 나돌지도 않았고 생활도 근검 절약하며 살았다. 그러나 아들 건호에게 드는 돈은 아끼지 않고 밀어주었다. 고등학교로 진학한 건호의 운동화, 가방, 패딩 등은 전부 메이커로 사 주었으며 학원도 원하면 다 보내 주었다. 학교에서 아들 기죽이기 싫다고 했다. 건호는 성적도 반에서 10등 안에 든다고 좋아했다. 아들 식성에 맞춰 마트와 시장을 보았다. 정말 끔찍하게 아들을 사랑했다. 그녀 삶의 전부라고 할 수 있었다. 지금도 또렷이 기억하는 모습이 있는데, 어느 날 사거리 큰길에서 그녀를 만났는데 평소와 다른 화사한 모습에 깜짝 놀랐던 것이다. 흰색 실크 블라우스, 크림색 슈트 정장을 하고 화사한 꽃을 안고 있었다. 안개꽃과 노란 프리지어가 풍성한 중앙에 빨간 장미가 돋보이는 꽃다발이 예뻤다.

"건호 중학교 졸업식! 우리 맛나게 식사하고 오는 길이야."

수줍게 활짝 웃는 그녀 옆에는 얼굴에 여드름이 울퉁불퉁 난 사내 녀석이 꾸벅 인사하고는 일부러 한눈을 팔았다.

"건호야, 중학교 졸업 축하해!"

그들 모자는 손을 잡고 걸어갔다. 또각또각 그녀 구두 굽 소리가 경쾌하게 들렸다. 저 언니는 나가 바람 쐬면 저리 좋아하는데,

아저씨는 몇 년 만에 집에 와도 부부가 같이 여행 한 번을 안 갈까? 집돌이처럼 방구석에 처박혀 있으니 답답하겠지.

　어느 날 그녀가 속마음을 털어놓았다. 추적추적 장맛비가 내리는 여름날이었다. 부추전 부쳤다는 전화에 갔더니 비빔국수까지 비벼 놓았다. 아저씨가 가져온 포도주를 홀짝이며 조갯살 부추전과 매콤한 비빔국수를 머는데, 텔레비전 뉴스에 재래시장 싱인들 상대로 금액이 큰 번호 계를 몇 개나 하던 계주가 곗돈을 몽땅 챙겨 도망갔다는 뉴스가 나왔다. 상인들 피해액이 수십억대로 가슴 치며 통곡하는 피해자들 모습에 그녀가 한숨을 내쉬며 가슴을 쓸어내렸다.

　"내가 남편한테 기죽어 살아야 하는 이유로 정말 잘못한 게 있거든."

　그녀는 전에 살던 새 연립주택에서 주위 비슷한 나이 또래들과 친목 모임을 하며 잘 지냈다. 동네 사람들이 회원인 계에 곗돈을 넣었는데, 세상 친절하던 계주가 하루아침에 종적을 감추는 바람에 남편이 바다에서 평생 고생하며 번 피 같은 돈을 떼였다고 했다. 뒤 번호 곗돈도 못 탔지만 매월 꼬박꼬박 주는 후한 선이자에 눈이 멀어 은행에 예치한 정기예금까지 빼서 맡긴 큰돈을 떼였다. 하늘이 노랗게 보였고 밥이 목에 안 넘어가더라고 말했다.

쌀집, 미장원, 세탁소, 구멍가게 등 주위에 안 걸린 사람이 없었다. 곗돈을 혼자 넣기 버거워 반반 넣은 친구끼리 머리카락 쥐어뜯는 싸움박질도 났다. 경찰에 신고하고 여자 계주 찾는다고 서울 인천까지 갔지만 경비만 쓰고 그림자도 못 찾았다. 나중에 사태를 알게 된 남편은 아내를 추궁하며 그 돈 찾기 전까지 집에 들어오지 말라고 비정하게 말했다. 밤낮으로 그 돈 벌어 오라고 닦달했다. 아직도 배에서 내리기만 하면 날려 버린 그 곗돈을 추궁한다고 그녀는 슬프게 말했다. 그 일이 있고부터 남편은 배를 타도 기본 생활비만 보냈다. 집에 와도 남편이 주는 생활비를 받아 쓸 뿐이라고 했다. 그런데도 나가서 돈 벌 엄두는 못 내겠다고 했다. 세상이 무서워 밖에 나가면 더 무서운 일을 당할 것 같아 두렵다고 했다. 자신은 남편에게 평생 빚쟁이로 산다고 서글프게 말했다. 꽃을 가꾸면 잠시 잊힐 때도 있다고 했다.

언니 남편은 1년 뒤 귀국해 집으로 돌아왔다. 건강이 좋지 않아 외항선에서 내렸다고 했다. 아들이 고교 2학년이었다.

급하게 현관문 두드리는 소리에 문을 여니 언니가 서 있다 냉큼 들어왔다.

"아무도 없지?"

"아무도 없긴, 나는 사람 아니야?"

"지아 엄마야 뭐."

"언니, 아저씨 또 술 마셨어?"

"…"

"많이 맞았어?"

"아니, 조금."

"아침부터 무슨 술을 얼마나 마셨대? 언니는 왜 맞고 사는데? 난 정말 이해를 못 하겠어."

"맨날 그러는 건 아니고 술 취하면 손버릇이 그래. 평소엔 말이 없는 사람이지."

"맨날 그러면 맨날 맞고 살게? 괜히 왜 손찌검하냐고."

"술만 안 취하면 좋은 사람이야. 절대로 안 그러는데."

"그럼 술 취해 때린 것은 잘못도 아니고 폭행도 아니란 말이야?"

"또 그런다. 내가 잠시 피하면 되거든. 금방 곯아떨어지니까."

"때릴 때 어째서 맞고만 있냐고. 바보야? 같이 때려야지. 프라이팬이나 냄비 손잡이 잡고 덤비던가, 화분이라도 몇 개 확 던져 버리지."

"화분은 안 돼, 내가 아끼는 꽃들이야. 화분 건드리면 대신 나 때려 달라 한다. 꽃 대신 내가 맞는 게 훨씬 나아."

'아이고, 성인 나셨네요! 그렇게 물러터졌으니 자꾸 맞지.'

따끈한 생강차를 준비해 소파에 앉은 그녀 손에 들려 주었다. 나는 남편의 폭력에 반항하지 않는 그녀가 언제나 못마땅했다.

그럼 죽을 때까지 그렇게 맞고 살려고? 때린다고 잃어버린 돈이 돌아오냐고. 남자 배 나가고 춤바람 나서 바람피운다느니, 도박에 빠져 집까지 말아먹어서 죽느니 마느니 하는 사연들도 신문에 대문짝만하게 나더구면. 언니만치 알뜰하게 사는 마누라 어디서 구한대? 울 할머니 말대로 당신 복 차고 있는 사람이지. 언니는 되도록 상처를 숨겼지만 억센 손길의 흔적은 얼굴이 아니라 목이나 등, 허리, 엉덩이 쪽이었다.

"배에서 안 좋은 남의 얘기 많이 들어 의처증 같기도 하고 그래."

"맙소사! 언니를 의심한다면 천벌을 받지!"

홧김에 불쑥 나온 입을 막으며 얼른 약통을 가져와 벌겋게 부어오르는 상처에 소염 진통제를 발라 주었다. 그녀는 길 가다 넘어져 다친 사람처럼 태연히 텔레비전을 보았다. 나는 그게 화가 났다. 대들기라도 해야지. 아파서 밥도 못 하겠다고 태클이라도 걸든지. 엄살 부려서라도 한 일주일 드러눕든지. 우리 집에서 조금 머물다 집에 가면 아저씨는 잠이 들었을 테고, 그렇게 한숨 늘어지게 자고 일어나면, 때린 사람도 맞은 사람도 아무 일 없는 듯 저녁을 함께 먹고 텔레비전 드라마를 보고, 아들이 학원 마치고 오면 부부는 같이 잠자리에 들 테지. 내가 폭행에 분노해서 떠들면 남편은 당사자가 가만히 있는데 제발 남의 부부 일에 관여하지 말라고 나에게 충고했다. 언니 남편은 결혼하고 계속 배를 탔다. 남해 바닷가 섬사람인 언니 남편은 가난한 집을 떠나 어려운 객지 생활을 하다 처음에는 원양어선을 타서 결혼 밑천을 모아 그 여자와 중매 결혼했다. 그리고 외항선을 탄 지 5년 만에 3층 건물 20평 연립주택을 샀다. 이름은 거창하게 신천지 맨션이었다. 단칸 셋방을 전전하다 생애 처음으로 마련한 내 집에 아들 손잡고 들어갈 때, 그때가 정말 꿈같이 행복했다고 했다. 그 맨션에 살면서 이웃들과 친분도 쌓고 친목 모임도 하고 길 지내었는데, 마당발 계주가 잠적하면서 번호 계가 터졌다. 나중에 귀국한 남편이 사태를 알게 되어 식칼을 들고 계주를 찾았으나 그림자도 못 찾고 고혈압만 얻었다. 남편은 그 돈이 빈손으로 태어나 이제껏 목숨 건 험한 바닷길에서 억척스레 몸뚱이 하나로 버텨온 자신의 목숨값이라고 더 절망했다. 남편은 다시 배를 타고 나갔다. 그러나 기본 생활비 외엔 일절 집에 보내지 않았다. 몇 년 뒤 귀국한 남편은 악몽의 맨션을 떠나 멀리 이곳 2층 새 주택을 마련했다. 결혼 20년을 돌아봐도 남편과 같이 한집에서 같이 지낸 날은 1년도 안 된다고 했다. 그녀는 남편이 곁에 없어도 아들을 키우며 행복했다고 했다. 고생하는 남편을 생각해 절약하며 살았고, 자신을 고생시키지 않는 남편이 항상 고마웠다고 했다. 그간 착실히 모아 놓은 돈도 꽤 될 터인데 남편은 노후가 불안한지 그녀에게 나가 생활비라도 벌기를 강요했다. 그녀는 맞고 살지언정 일 다닐 엄두는 나지 않는다고 했다. 한 번도 직장 생활은 해 본 적이 없다고 했다.

세월이 흘렀다. 우리 가족은 5년 가까이 살았던 단독주택을 팔고 아파트로 이사했다. 언니가 사는 곳과는 행정상 다른 구에 살기에 전처럼 가까이 왕래하지 못해도 가끔 약속해서 시장에서 만나 떡볶이 순대를 먹고 커피를 마셨다. 여름이면 시원한 팥빙수를 먹으며 수다를 떨었다. 건호가 대학에 들어갔다는 말도, 그리고 휴학을 하고 군대에 갔다는 말도 카페에서 들었다. 그러다 나는 우리 아이들이 중학교에 가고부터 '경력 단절녀'라는 칭호를 떼고 직장을 얻어 출근하기 시작했다. 휴일에만 집에 있으니 밀린 일들과 휴식으로 언니와의 만남이 뜸해졌다. 아이들 쑥쑥 자라는 만큼이나 시간은 빨리 흘러갔다. 어느 토요일, 언니로부터 꼭 만나자는 간곡한 전화가 왔다. 찻집이 아닌 옛날 주택 근처 초등학교 등나무 벤치에서 기다리겠다고 했다. 우리 애들이 다녔던 학교다. 저녁 무렵이라 학교 운동장은 조용했다. 언니의 얼굴은 눈에 띄게 축나 있었고, 수심이 가득했고, 일그러져 있었다. 언니 왜 저래?

"하필 그날, 그때, 그 애가 왔어. 건호가."

해가 지고 도로에 가로등이 켜지고 어둑할 무렵 그녀가 남편에게 맞고 있는데 군대 간 건호가 연락도 없이 집에 왔다. 휴가가 아니고 제대해서 집에 돌아온 날이었다. 그날따라 남편이 술에 더 취해 언니는 달아나다 마당에서 붙잡혔다. 비명을 죽이며 억센 손길에 여기저기 맞고 있는데 군복을 입고 배낭을 짊어진 아들이 들이닥친 것이다. 아들은 어이가 없는지 잠시 멍청히 서 있었다.

"건호가 저 아버지 두 손을 꽉 잡았어. 꼼짝도 못 하게. 그리고 미친 듯 소리쳤어."

"아버지, 아직도 엄마 때리고 살아요? 이제 엄마 맞는 꼴 보기도 싫은데, 머리칼 희끗희끗해서까지 엄마 손찌검하는 아버지 정말 싫어요. 언제까지 우리 엄마 패면서 살려고요? 그러지 말고 차라리 엄마 때려죽이세요! 이 꼴 다시는 보기 싫습니다. 나, 이 집 나갑니다. 아버지 죽었대도 안 와요! 절대로!"

아들은 대문을 박차고 저벅저벅 나가 버렸다. 엄마가 뒤따라가며 애타게 아들을 불러도 아들은 뒤도 안 돌아보고 뛰어가 버렸다.

"건호야! 건호야! 잠깐만, 엄마 말 한마디만 듣고 가렴! 건호야! 건호야! 배고플 텐데! 다저녁때인데, 집이라고 찾아와 배고플 텐데!"

아들은 끝내 어둠 속으로 사라져 버렸다. 아들이 나타났던 게 꿈만 같았다.

건호! 건호야! 그녀는 남편에게 달려들었다. 죽여 달라고, 정말 죽고 싶다고. 그러면 두 입이나 줄어드니 당신 횡재 아니냐고. 자식 잃고는 살기 싫고, 내 아들 안 보고는 못 살겠으니 제발 죽여 달라고 남편 바짓가랑이를 잡고 애걸복걸 매달리다 실신하고 말았다. 건호는 내내 소식이 없었다. 아들 소식 알려고, 아들 친구 만나고 백방으로 노력해도 어디로 사라졌는지 흔적조차 없었다. 남편의 병은 갑작스레 깊어 갔다. 당뇨 수치가 오르고 고혈압이 올라 쓰러져 한밤중에 병원 응급실에 몇 번이나 실려 가기도 했다. 그녀는 남편을 살뜰히 보살피지 않았다. 밥도 같이 먹지 않았다. 그날부터 옛날에 남편 고생하며 번 돈 날린 것 하나도 미안하지 않았고, 나가서 생활비 한 푼 못 벌어도 더 당당해졌다. 그깟 돈 쓸데도 없는데 벌어 뭐 하게? 어디 쓰게? 난 돈 몰라!

"우리 건호 보고 싶어 정말 미치겠어. 아니 내가 우리 건호 얼굴 못 봐도 좋으니 건호 건강하게만 잘 있으면 너무너무 감사하겠어! 건호 대신 나 죽어도 좋다고. 우린 둘 다 죽어도 괜찮아. 요즘 건호 얼굴이 퍼뜩 안 떠올라 정말 미치겠어!"

"언니, 건호 좀 있다 돌아오겠지. 언니 아들 착한 사람이니까 꼭 돌아올 거야."

"못난 엄마 좀 맞으면 어때서. 못 본 척하면 될 것을. 가진 돈

한 푼 없이 어디로 갔을까? 대학도 복학해서 다녀야 하는데! 지아 엄마야, 나 기도하고 싶은데 어디로 갈까? 교회 갈까? 성당 갈까? 절에 다닐까?"

그녀의 눈에서는 끝도 없이 눈물이 줄줄 흘러내렸다. 얼마 후, 그녀가 교회를 나간다고 했다. 얼마나 열심히 기도하고 있을지 안 봐도 훤했다.

3년 후 언니 남편이 죽었을 때도 아들은 나타나지 않았다. 어디에 있는지 모르니 부고를 알릴 수도 없었다. 그 후에도 그녀는 그 집에 계속 살았다. 여자 혼자서 단독 2층 주택을 건사하는 게 힘들다고 하면서도 아들이 집으로 돌아오는 날까지 집을 지킬 것이라고 했다. 아들이 찾아왔다가 살던 집에 엄마가 없으면 우리는 어디서 어떻게 만나겠냐고 손을 저었다. 그녀는 죽은 남편은 잊어도 아들은 꿈에서도 잊을 수 없다고 했다. 아들을 위해 자신이 할 수 있는 일은 오직 하나님께 드리는 간절한 기도뿐이라고 되뇌었다.

"건호야! 살아만 있어 다오! 이 세상 어디서든 제발 살아만 있어 다오!"

어느 날 핸드폰 속에서 들려오는 비명에 도둑이라도 든 줄 알았다. 아들이, 아들이 돌아왔다고 그녀가 외쳤다.

"건호가 돌아왔어! 우리 건호가 찾아왔어. 꼭 돌아올 줄 알았다니까!"

"언니 축하해! 언니 아들 꼭 엄마 찾아올 줄 알았어."

"그럼 그럼. 내가 한턱낼게. 언제 우리 갈비 먹으러 가자!"

무작정 집을 뛰쳐나간 아들은 세상 어디 머무를 곳 없는 처지라 어찌어찌하다 원양어선을 탔는데 장장 5년 만에 귀항해 돌아왔다고 했다. 아들은 봉안당에서 무릎 꿇고 아버지께 사죄하며 눈물을 흘렸다. 이국땅 망망대해에서 거친 바다에 목숨을 맡기고 삶과 죽음이 공존하는 원양어선 뱃일을 하면서, 한평생 바다에서 지낸 아버지를 이해하게 되었고 아버지에 대한 원망도 사라졌다고 했다.

결국 언니는 아들 건호를 따라갔다. 건호가 자리 잡고 사는 D시로.

이사 가기 전, 퇴근길에 집에 꼭 들렀다 가라는 언니의 전화에 갔더니 맘에 드는 화분을 고르라고 했다. 어차피 다 가져가야 둘데가 없다면서. 가져갈 화분은 담장 쪽으로 들어내어 놓았었다. 스무 개 남짓한 화분이었다. 우리가 아파트로 이사 갈 적에 언니는 잘 기른 큰 화분을 집들이 선물로 주었다. 공기정화기 역할을 하는 황금죽, 홍콩야자나무, 천리향은 지금도 우리 집 베란다에서 잘 자라고 있다. 내가 언뜻 고르지 못하자 언니가 골라 주었다. 푸른 잎이 넝쿨처럼 잘 뻗어 내린 호야와 아이비, 그리고 푸른 잎새가 성성한 고사리를 들어내었다. 나머지 화분들도 지인이나 이웃들에게 나누어 준다고 했다. 건호는 착실하게 사업 자금을 모았는지 항구도시 D 시에서 큰 낚시 전문점을 차렸다고 했다. 낚시꾼들을 낚시 장소에 데려다주고 데려오는 낚싯배도 운영하며 직원을 몇 명 두고 있다고 했다.

언니는 대지 60평 단독주택 매도한 대금으로 34평, 24평 아파트 두 채를 아들과 자신의 명의로 샀다. 이들이 잘해 주어 정말 행복하다고 했다. 건호가 결혼했다. 나도 결혼식에 갔었는데, 언니는 예쁜 얼굴보다도 심성이 더 고운 며느리라고 자랑했다. 언니가 이사한 집에 초대해 언니 친구들과 방문했는데 24평 아파트 역시 거실과 베란다를 화분으로 예쁘게 꾸며 놓았다. 아들 집과도 가깝고 가게와도 가깝다고 했다. 점심 식사는 아들 부부가 같이 하자고 해서 대부분 가게에서 물회, 생선회 등 해산물 풍성한 식사를 한다고 했다. 손주 낳으면 영업에 바쁜 며느리 대신해 봐주려고 기다린다며 활짝 웃었다. 그동안 외로웠는데 아들 따라가서 다행이다 싶었다. 언니는 1년에 한두 번 고속버스를 타고 놀러 오곤 했다. 친목계 모임에 참석하고 우리 집에서 식사하며 그간 지냈던 얘기 주고받고 근처 사촌 언니 집에서 하룻밤 자고 갔다. 아들 며느리 덕택으로 잘 지내는데 주위에 아는 사람이 없어 지루하던 차 며느리가 임신해 기쁘게 손주를 기다린다고 했다.

어느 날, 언니가 건강검진으로 폐암 1기 진단을 받고 도무지 믿어지지 않는다고 전화로 탄식했다. 기침도 안 하고 몸도 아프지도 않은데 폐암이라니, 언니의 음성이 젖어 있었다. 휴일에 차를 몰아 항구도시 D 시로 갔다. 약간 비만했던 몸이 살이 빠져 보였다. 푸석푸석한 얼굴이 환자였다. 입원해 수술하고 퇴원해서 집에 있는데 머리가 자꾸 빠진다고 했다. 식탁 위에 약봉지가 수북했다. 얼마나 힘들까.

"언니 이젠 날씬해졌는데."

"나는 이제껏 사람들이 입맛 없다는 말을 이해 못 했어. 나는 무어든 맛있었거든. 나는 배가 불러 그만 먹었지, 입맛 없어 못 먹는 음식은 없었거든. 특별히 느끼한 음식 아니면 내 입에는 뭐든 다 맛있었어. 한평생 비만이었는데. 음식이 도무지 맛이 없어. 약 먹으려고 억지로 입에 떠 넣거든."

정말 그랬다. 맛없어 못 먹겠다는 말은 들어 본 적이 없었다. 식당을 가도 언제나 맛있다면서 잘 먹었다. 내가 서툴게 부추전이나 칼국수를 해도 언제나 맛나게 잘 먹었다고 했다. 언니는 폐암은 더 나빠지지 않고 유지하고 있었는데 2년 후, 암이 뇌로 전이되어 다시 수술을 받았다. 손녀가 무럭무럭 자라 너무도 감사한데 병시중 드는 아들 며느리에게 고맙고 미안하다고 했다. 목소리가 쇠약해짐을 느꼈다. 약 넘기기가 힘들다고 호소했다. 위로

할 말을 쉬이 찾지 못했다. 얼마나 괴로울까? 언니는 몸속의 병마가 어린애처럼 장난을 친다고 했다. 가끔은 하나도 안 아파 신기하다고 했다. 그럴 땐 집 안을 정리해서 버릴 것을 내놓고 밥을 맛나게 먹고 아파트 단지를 걷는다고 했다. 그러다 진통이 오면 너무 힘들고 고통스럽다고 했다. 왜 나에게 이런 병이 왔는지 헤아려 보니 떼인 돈으로 평생 가슴 멍든 일과, 아들 잃고 애간장 끓인 게 병이 되었는가 싶단다. 아들 찾아 소원 이룬 지금, 조금만 더 자식 바라보게 해 주십사 기도한다고 했다. 그러다 그만 이 고통에서 헤어났으면 좋겠다는 마음도 가끔 들지만, 그토록 보고 싶었던 아들, 며느리 손녀 한 번 더 바라보는 기쁨으로 하루하루를 버티고 있다고 했다. 살아온 세월이 너무 까마득하고 허망해 때론 지겨웠는데, 돌아보니 하룻밤 꿈속같이 후딱 지나갔다고 아쉬워했다.

전화가 왔다. 11시가 지났다. 누구지? 늦은 밤에 오는 전화는 왠지 걱정이 앞선다. 연로한 부모님들이 계시니까. 핸드폰을 열어 보니 세상에 언니 휴대전화 번호가 뜨고 있지 않은가. 뭐야 이제야 전화해? 못 살아! 내내 걱정하게 하고서.

"언니이! 안 죽었어? 난 언니 죽은 줄 알았잖아. 미치겠네!"

"…"

그녀가 살아 있는 게 너무 반가워 속사포처럼 쏘아 댔는데 대답이 없다. 내가 너무 큰 소리로 떠들어 그녀의 작은 목소리를 듣지 못했나. 입을 다물고 귀를 기울였다. 순간의 침묵이 길게 느껴졌다. 왜 말을 안 하지. 듣기만 하는 걸까?

"언니, 몸이 많이 안 좋아요? 내 말 들려?"

"저기 저기요, 죄송합니다. 아주머니, 저는 지윤희 씨 아들입니다."

"응? 뭐라고요, 아들이라고요?"

"예. 제가 아들 임건호입니다."

"아, 건호! 엄마는, 그럼 엄마는요?"

"예. 사실은 여기 병원 중환자실입니다. 엄마 인공호흡기하고 계셔서요. 엄마 지키다 잠깐 엄마 폰 열어 보니 전화가 들어와 있어 전화드리는 겁니다."

"그럼… 엄마 많이 위중하신지?"

"예. 엄마 암이 여러 곳에 전이되어 몸이 많이 나빠지셔서요. 뇌 수술 두 번이나 해서 뇌경색으로 보행도 못 하고 정신도 없고 요양 병원 몇 달 계셨는데, 엊그제 위독하다는 연락을 받고 중환자실로 옮겼는데 의식이 없습니다. 의사가 오늘 밤이…"

건호는 엄마가 오늘 밤 넘기기 어려울 것 같다며 비통하게 말했다. 나는 어떤 위로의 말도 할 수 없었다. 그러나 언니가 그렇게도 사랑하던 아들이, 엄마의 마지막 길 임종을 지키고 있다니 얼마나 다행인가. 나는 방해될까 얼른 전화를 끊었다.

오늘 밤, 언니가 오늘 밤 간다고!

"윤희 언니!"

그날 밤 나는 다시 꿈을 꾸었다. 옛날 그 집이었다. 활짝 열린 대문으로 흰 레이스 원피스를 입은 그녀가 푸른 호야잎 화관을 쓰고, 흰 국화꽃 한 다발을 가슴에 안고 환히 웃으며 마당을 지나 대문을 나서고 있었다. 그녀 뒤로 크고 작은 화분들이 주르르 일어나 따라나섰다.

✤

"도적놈!"

5인실 병실 문을 조심스레 열고 들어가자 다른 환자들은 휴게실로 나갔는지 침대를 비우고 없었다. 또 아버지와 남편이 말싸움하고 있다.

"나 참. 장인어른, 언제까지 저보고 도적놈이라 부를 겁니꺼?"

"내 마음이다. 도적놈인께 도적놈이라 카는데 우째 말이 많노."

"보영이 오면 다 이를 겁니더. 붙잡혀서 시중드는데 구박만 한다고요."

"이놈 봐라. 걔가 누구 딸인데, 미워도 내 딸이다."

"제 우렁각신데요. 옛날엔 몰라도 이젠 두말하면 잔소리지요."

내가 살그머니 커튼 주름을 걷으며 나타나자 두 사람이 놀란 듯 입을 다물었다. 아버지는 침대에, 남편은 나지막한 보조 침대에 있다가 벌떡 일어났다. 아버지는 어제 집에서 사다리에 올라 비 새는 창고 지붕을 손보다 땅으로 떨어져 왼쪽 다리를 다쳐서 무릎 위까지 깁스했다. 링거를 달고 이마에 널따란 반창고도 두 개 붙어 있다.

"아버지 좀 어떠세요? 이젠 덜 아프세요?

"갑갑해서 죽겠네. 부러진 뼈가 하루 이틀에 붙을 끼가? 일이 천지 삣가린데."

"일은 당분간 미루고, 깁스 풀고 재활치료 하면 금방 나을 거에요. 점심은 좀 드셨어요?"

"장인어른 밥 한술도 안 남기고 다 자셨어."

"아버지, 잘 드셔야 다친 뼈도 빨리 나아요. 당신은 아직 식사 못 했지?"

"밥이 문제야? 나 때문에 화병 더 나실까 겁나는데. 어무이 안 오셨어?"

"엄마는 어제 너무 놀라서 드러누우셨어,"

아버지는 누운 채 벽 쪽으로 얼굴을 돌리고 남편은 삐친 듯 휙 돌아앉았다. 도대체 저 두 남자는 언제쯤이면 화해할까. 하긴 딸하고도 이제 겨우 말하는데 무얼 바래. 머리맡 사물함 위에 요플레, 젤리, 바나나를 올려놓고 우리는 병실을 나왔다.

"자기 언제까지 아버지하고 말싸움할 거야?"

"싸움은 무슨. 장인어른 나 미워하는 재미로 사시는데. 그래도 한풀 꺾였어."

"아버지 성미에 답답하시지. 한 귀로 듣고 한 귀로 흘려 버려."

내가 남편 팔짱을 끼고 병원 밖으로 나오자 남편은 싱글벙글했다. 살짝 눈을 흘기며 남편이 즐기는 돼지국밥 식당으로 들어갔다. 손님이 많았다.

일요일, 늦게 일어나 거실에서 텔레비전을 보고 있는데 아버지가 오셨다. 지팡이를 짚고서. 첫걸음이다. 이사 온 지 1년이 되었지만 딸 집에 코빼기도 안 비치던 아버지다.

"쯧쯧 쓸데없이. 임자, 거기는 와 댕기는데? 새 길 나겄네!"

그동안 엄마만 못마땅해하는 아버지 눈치 봐 가며 다녔다. 저번 입원으로 아버지는 엉겁결에 퇴원 때까지 사흘을 남편과 같이 지냈다. 나는 깜짝 놀라 얼떨떨했다. 남편도 화들짝 놀라는 눈치다. 들어오시라는 말도 선뜻 나오지 않았다.

"아버지 웬일이세요? 여기 다 오시고."

"아이구! 장인어른, 무슨 바람에 오셨습니꺼."

아버지는 찬바람 친구 데리고 온 사람처럼 냉랭한 기색으로 거실에 들어서더니,

"자알 논다! 지금 몇 신데 텔레비전이나 보고, 쯧쯧!"

하고 혀를 차며 소파에 겨우 궁둥이를 붙였다. 들고 온 누런

봉투에서 부스럭거리며 뭔가를 꺼내더니 서류를 내 앞에 툭 던지고는 일어나셨다.

"소도 비빌 언덕이 있어야 비빈다는 말이 있는데 맨땅에 대가리 처박을 끼가? 옜다! 논에 피만 키우고 밭뙈기 묵정밭 만들어 봐라. 내 도로 확 뺏어 갈 끼다."

"아버지, 커피라도 한잔 드시고 가셔요!"

"일없다."

아버지는 1년 만에 찾아온 딸 집을 선걸음에 나가셨다. 아버지가 던지고 간 서류는 문서였다. 벼농사가 알차게 되는 닷 마지기 논밭 땅문서였다. 대저동 논밭은 문전옥답이다. 아버지가 자식처럼 보듬고 농사짓는 땅. 그 땅은 아버지가 젊었을 때 억센 갈대 손발 찔려 가며 베어 내고, 뒤엉킨 뿌리를 걷어 내어 두 어깨에 피멍이 들도록 흙을 져다 넣어 만든 기름진 땅으로, 곡식이 잘되는 강변 논밭이다. 홍수로 물만 안 들면 황금 들녘이었고, 고추, 배추, 무, 콩 등 작물이 잘되어 잡곡이 먹고도 남아 아버지가 시장에 내어 팔기도 했다. 나는 그날 밤 잠들지 못하고 뒤척이며 가슴이 아렸다. 남편도 편치 않은 기색이었다. 못난 딸자식 용서하시는 걸까? 피딱지가 덮여 아물어 가던 상처가 아버지 집 울타리 탱자나무 가시에 오지게 찔러 버렸다.

"좀 황당하네. 사람이 갑자기 변하면 죽는다던데!"

"아니. 자기는 우리 아버지한테 참 이쁘게도 말한다."

남편은 기어이 나한테 등짝을 한 대 맞고도 고개를 갸웃거렸다. 작물을 보듬고 키우는 포슬포슬한 흙덩이, 북을 돋워 통통하게 살찐 새파란 대파며 보라색 꽃이 피던 완두콩, 밭두렁에 피는 민들레까지 애지중지 거두는 아버지 땅이 아닌가.

"자기야, 나 저 전답 문서 못 받겠어. 그냥 돌려드릴까?"

남편이 싱그레 웃었다.

"당신 딸 도적놈 노는 꼴을 못 봐 자꾸 불러 일 시키려 던지는 미끼 아닐까? 나 골치 아파지는데!"

나룻배 몰던 천 씨 아들놈하고 눈맞아 돌아온 딸이라고, 동네 사람들 입방아에 올라 천불이 나서 밉다 밉다고 하는 딸 도적놈 아닌가. 그 일이 있은 뒤부터 엄마는 대놓고 살림을 바리바리 갖다 나르기 시작했다. 손수레에 쌀, 보리쌀 자루를 얹어 오고 암팡진 어미 닭과 황갈색 죽지를 퍼덕이며 날갯짓하는 중닭, 노란 털을 면한 병아리 새끼까지 안고 와 마당에 풀어놓고 갔다. 어느 날, 까만 눈망울에 속눈썹이 긴 순한 녀석, 보풀보풀한 갈색 털이 목화솜처럼 부드러운 똘똘한 송아지를 끌고 와 창고에 매어 놓고 갔다. 엄마 집 어미 소가 낳은 새끼다. 내가 펄쩍 뛰며 걱정하자 엄마는,

"너거 아부지 이젠 뭘 가져가도 못 본 척하더라. 걱정하지 말

아라."

엄마는 동생 군영이 군대와 대학원을 마친 뒤 대기업에 근무하다 중국 상해 지사로 발령받아 떠났기에 허전한 마음이었다. 딸자식이 가까이 오니 반기셨다. 우리 식구가 늘어났다. 엄마는 흰털이 소복한 복슬강아지를 마당에 두고 가고, 브라운과 흰색 털이 앙증맞은 새끼 고양이도 품에 안고 와 던져 놓고 갔지만 얘는 어디로 잘 숨어 버렸다. 딸 정붙이라고 예쁜 새끼만 갖다주는 우리 엄마. 우리는 머리를 맞대고 엄마가 선물한 애들 이름을 지었다. 나는 전과는 달리 희뿌연 새벽이면 몸을 일으켰다. 남편이 뚝딱 만든 닭장에서 날개를 퍼덕이며 꼬꼬댁 꼬꼬! 시끄럽게 울어대는 녀석들에게 모이를 듬뿍 뿌려 주고 따뜻한 달걀을 꺼내 뺨에 가만 대어 본다. 폴짝폴짝 뛰며 꼬리를 흔드는 사랑이 밥그릇에 사료와 물을 주고, 마실 다니다 가끔 얼굴 내미는 구름이 사료도 챙겨 준다. 나날이 기운이 세어져 코뚜레 한 강순이 돌보미는 남편이다. 남편은 아버지가 다리 깁스해 있을 때, 볏논을 돌보고 대파 북을 돋우고, 엄마와 같이 시금치를 뽑아 시장에 내고 씨를 뿌리고 밭일을 다 했다. 달력에 일한 날짜를 표시하더니 월말이 되자 아버지께 품값을 내밀었다. 아버지 얼굴이 벌게졌다.

"장인어른, 품앗이도 아니고 미운 사위라도 놉 계산은 똑바로 하입시더."

"놉값 달라꼬? 허, 참! 그럼 너 집에 끌고 간 소, 닭, 개, 달구 새 끼까지 다 계산해 온나. 임자, 다시는 국수 삶았네, 곰국 와서 묵 어라, 삼계탕 퍼 주지 말라고 잉!"

"저야 어무이가 자꾸 부르시니 와서 묵었고, 애들도 어무이가 몰고 오셔서 키우는데, 걔들 이제껏 먹인 사료값 쳐주시고 델꼬 가시소. 받을 게 엄청 많네! 히히."

"저, 저 인간 완전 도적놈 심보네! 창고 쌀 한 포대 가져가든지 말든지."

아버지는 방문을 탕 닫았고 엄마랑 우리는 너무 웃어 눈물이 찔끔 났다. 성미 급한 아버지와 곰처럼 느긋한 남편은 곳곳에서 부딪쳤다. 아버지는 일을 만들어서라도 아침부터 저녁까지 논밭 에서 살았다. 남편은 직장인들처럼 퇴근 시간을 지켜서 하던 일도 손 털고, 부릉부릉 오토바이를 몰고 와 나를 태우고 김해나 하단 에 나가 짜장면을 사 먹고, 커피숍에서 호젓이 아메리카노를 마시 며 우리 연애의 발단이라고 속삭였다. 가끔 밤에 극장도 갔다.

강바람이 묻혀 온 향긋한 대파 내음과 붉게 솟아오르는 아침 해가 내 가슴에 조금씩 온기를 불어넣었다. 남편은 한가히 쉴 틈 이 없었다. 본디 근면한 사람이라 여명에 일어나 들일을 아침나 절에 해 놓고 주위 대파 농사도 눈여겨 살폈다. 특히 김해 토마토 농장을 찾아가 품 일을 하며 토마토 재배를 배웠다. 그는 군 제대 후 농대를 다녔는데 꿈이 있다고 했다. 다른 지역 견학도 열심히 다녔다. 그러다 남편은 아버지가 주신 토지에 비닐하우스 다섯 동을 지어 토마토 농사를 시작했다. 그는 집에도 매실, 감, 무화과를 심고, 하얀색 아치형 나무 출입문에 덩굴장미를 올리고, 능소화 줄기는 담장으로 뻗어 가게 했다. '천성태·이보영', 나무 문패도 직접 만들어 달았다.

　샛강에서 빨래하고 있었다. 부모님이 장에 가신 날이다. 대야에 작은 옷가지와 수건, 행주, 걸레, 비누를 담아 와 방망이로 탕탕 두들기며 빨래를 씻고 있는데 갑자기 얼굴에 물방울이 튀었다. 방망이를 놓고 수건으로 얼굴을 닦는데 다시 또 물방울이 튀었다. 누구야? 발딱 일어나 주위를 둘러보니 저만치 얼굴이 까만 까까머리 사내애가 물수제비를 뜨고 있었다. 돌멩이를 한 주먹이나 쥐고서.

　"얘, 너 일부러 나한테 물 튀기고 있지?"

　아이는 대꾸도 없이 그대로 서 있었다. 나는 눈을 한 번 흘기고 다시 빨래를 하기 시작했는데 아이는 손에 쥔 돌멩이를 잔잔한 샛강으로 던지기 시작했다. 퐁당퐁당 놀란 물살이 동그라미를 그려 나갔다. 아이는 바른쪽 다리를 번쩍 들어 돌을 아주 힘껏 던졌다. 쟤는 친구도 없어? 아, 군영이 또래지. 내 동생 군영과 노는 걸 못 봤다. 동네 애들과도 잘 어울리지 않는 아이로 아버지와 단둘이 산다던가. 다 씻은 빨래 대야를 옆구리에 끼고 집으로 돌아오자 아이는 멀찍이 주춤주춤 따르고 있었는데 내가 휙 돌아보면 놀라 멈춰 섰다. 중학교 1학년. 학교에서 좀 늦었다. 청소 당번에다 내일 교육청 손님이 오신다고 해서 교실 미화 꾸미느라 집에 오는 길이 늦어졌다. 대저에서 김해 중학교 다니는 애들은 같은 시간에 함께 다녔다. 한 적뿐인 나룻배를 타야 하기에. 나루터에 아무도 없었다. 해 지는 가을 저녁 강바람이 제법 차가웠다. 손이 시렸다. 손나발을 만들어 배를 불러야 한다. 저 멀리 강 건너 나루에 묶어 놓은 배가 보였다.

"배 건너 오이─소─오! 아저씨! 배 건너 오─이─소─오!"

부르는 소리를 들었는지 나룻배가 움직이기 시작했다. 사공 아저씨는 손님이 한 명 두 명이라도 부르면 건너왔다. 시퍼런 물살을 헤치며 노를 저어 오고 있다. 그런데, 그런데 차츰 가까이 오는 나룻배에는 사공 아저씨가 아닌 아이가 노를 젓고 있었다. 저 애가, 저 애가 뭐 하는 거야? 하도 어이가 없어 말이 나오지 않았다. 아이는 가까이 와선 천천히 대나무 장대를 밀며 강나루에 배를 대었다. 아이는 말없이 장대를 잡고 강바닥을 쿡쿡 쑤시고 있었다. 내가 조심히 뱃전에 오르자 아이는 대나무 장대로 천천히 강바닥을 밀며 강심으로 나아갔다. 아이 얼굴이 발갛게 상기되어 있었다. 아니, 강으로 잠기는 노을 꼬리가 아이를 비춰 주어 그랬나 보다. 잘 건너야 할 텐데. 강에 빠지면? 불안해지는 마음을 들키지 않으려 강으로 잠기는 노을을 바라봤다.

"아저씨는?"

"아부지 어디 갔거든. 걱정하지 마. 나도 배 잘 몰거든."

"그래도 힘들 거 아니야."

"괜찮아, 나 이래도 힘세거든. 누나가 안 와서 내내 기다렸어."

아이는 소매를 쓱 걷어 올려 알통이 밴 오른 팔뚝을 내 앞에 내보였다. 나는 하도 어이가 없어 피식 웃었다. 아이는 저 아버지처럼 수심이 깊은 곳에선 천천히 나무 노를 젓다 뱃머리가 강나루 가까워지자 기다란 장대로 슬슬 밀기 시작했다. 아이는 아주 열심이었다, 내릴 때 한마디 했다.

"고마워! 그래도 담에는 이런 짓 하지 마. 위험하니까."

"누나! 나 잘했지?"

빙그레 웃으며 유난히 반짝이는 그 애의 눈빛을 못 본 척 뒤도 돌아보지 않고 집으로 또박또박 걸어갔다. 내 등 뒤로 진득한 거미줄이 따라오는 듯했다.

주위가 변해 갔다. 대저에서 김해를 잇는 다리가 놓이고 버스 차편이 생겼다. 나루터에 나룻배가 없어져도 아무도 찾지 않았다. 손나발을 만들어 "사공 배 건너 오—이—소—오!"하고 불렀던 아저씨가 안 보여도 우리는 궁금하지 않았다. 그리고 멀리 가까이서 내 주위를 맴돌던 성태가 안 보여도 그뿐이었다. 하단에서 을숙도까지 넓고 멋진 하굿둑 다리가 개통되어 다들 기뻐했다.

새내기 대학생이 된 나는 새로운 세상에서 찬란한 젊음을 누리게 되었다. 나는 부산의 D 대학 경영학과에 다녔다. 공부를 잘하던 동생 군영은 서울 소재 국립대학에 붙어 서울로 갔다. 나는 학교 가까운 곳에 깨끗한 전세방을 얻어 자취 생활을 시작했다. 친구들과 서면이나 남포동 옷 가게서 예쁜 옷을 고르고 맘 놓고 영화관도 갔다. 커피숍에 들락거리고 파르페를 먹으며 화장을 배우고 미장원에서 유행하는 머리를 했다. 집에는 휴일에 반찬 가지러 갔다. LP 판을 모으고 미팅을 즐기며 자유로운 영혼으로 지성인을 자처하며 장학금을 목표로 공부했다. 아버지가 대파 농사로 목돈을 만져 경제적으로 궁핍하지 않았기에 친구들이 거의 다 하는 아르바이트도 하지 않았다.

내가 대학 졸업반 때 명훈 오빠는 B 의대 본과 1년이었다. 문학 동아리 친구 소개팅으로 만난 우리는 차츰 가까워졌다. 나는 그 당시 우리 과 퀸카라 할 정도로 인기가 많았다. 167센티 키에 46킬로 몸매, 엄마를 닮아 어디를 가도 예쁘다는 말을 들었고 커피나 밥을 사 준다거나 데이트 신청을 하는 남학생이 줄을 섰다.

나는 콧대 높다는 뒷말을 들으며 아무나하고는 만나지도 않았다. 대학을 다닐 때 혼처가 많이 들었다. 딸에 대한 부모님 기대치도 높았다. 당신들도 살 만하니 부모님이 쉬이 혼처를 승낙하지 않았다. 아버지는 욕심에 전문직 사위를 기대하는 듯했다. 나는 중매 결혼은 절대 안 한다고 고집을 부렸다. 그러나 내심 아버지 실망하게 해 드리면 어쩌나 하고 걱정하고 있을 무렵 명훈 오빠를 만났다. 3수로 의대에 들어온 마산 그의 집은 홀어머니 생계로 넉넉하지 못한 듯, 예과 2년 동안 과외와 아르바이트로 생활비를 충당한 듯했다. 의대생 애인은 언제나 주머니가 빈약했다. 변변한 옷도 없었다. 그의 사정을 알고부터 데이트 비용은 내가 냈다. 맛집 식사와 커피숍, 그가 원하면 술도 샀다. 큰 키에 조금 마른 늘씬한 체형의 명훈 오빠는 브랜드 옷을 입으면 아주 잘 어울렸다. 둘이 같이 옷을 골랐다. 오빠는 본과 공부 때문에 과외를 못 하는지라 잡비도 주어야 하고 등록금 낼 때도 도와주어야 했다. 나는 대학 졸업 후 농협에 취업해 집에서 돈줄이 끊어져서 내 생활은 대학 다닐 때보다 옹색했다. 그러나 사랑하는 이를 위해서 내 옷을, 화장품을 기꺼이 양보할 수 있었다. 오빠는 방 한 칸 월세가 부담되는지 동거를 원했지만, 쌀과 반찬을 가지고 이따금 들르시는 무서운 아버지 핑계로 거절했다. 연애를 하면서도 엄격한 부모님 영향으로 그런 곳엔 한 번도 가 본 적이 없었는데, 서서히 오빠는 나를 모텔로 이끌었다. 죽도록 사랑한다고 하면서. 오빠는 스스럼없이 잡비를 자주 요구했고 나는 화수분이 되어 갔다.

눈이 빠지게 기다리던 본과 4년, 전세금을 빼서 마지막 학기 등록금을 댔다. 그는 눈두덩이 움푹 들어가고 목이 길어지고 얼굴이 축나게 공부한 노력으로 의사 국가고시 1차 실기시험에 합격했다. 나는 오빠가 너무 대단하고 기뻐 백화점에서 그가 선택한 양복을 기분 좋게 카드로 긁어 선물했다. 예약한 고급 레스토랑에서 비싼 와인으로 축배를 들고 육즙이 밴 소고기 스테이크를 칼질하며 맛나게 먹었다. 그는 한층 당당했고 나는 안 먹어도 행복했다. 2차 시험이 남았지만, 오빠의 실력을 믿기에 고생도 끝이라 생각했다. 필기시험 마치면 부모님 찾아뵙자고 말하리라.

그러나 찬란한 장밋빛 꿈은 너무도 짧았다. 낯선 전화를 받고 약속한 찻집에 들어갔을 때 그의 어머니를 금방 찾을 수 있었다. 한복을 입은 50대 후반 짧은 파마머리 아주머니와 젊은 여자 앞에 가서 안녕하세요, 인사하자 얼굴들이 굳어졌다. 주문한 주스를 들지도 않고 그의 어머니는 얼마나 외웠는지 주르르 빠르게 나열했다.

"내가 명훈이 엄만데 우리 명훈이하고 사귄다니 미리 말해야지 싶어서. 요즘 의사한테 시집오려면 열쇠 세 개는 기본인 것 아가씨도 알고 있겠지. 첫째, 명훈이 병원 차려 줘야 해. 둘째, 자동차 빼 줘야 하고. 살림 차릴 아파트는 기본이고. 내가 가만있어도 명훈이 혼처가 천지로 들어온다니까."

"엄마, 그만해요. 아가씨도 이젠 알아들었겠지."

모닥불을 덮어쓴 듯 얼굴이 화끈했다. 세상에 저런 말을 어떻게 저리 태연하게 하시지? 평소 오빠와 결혼하면 고생하신 어머님 잘 모시려던 마음에 소금을 바가지로 뿌렸다. 뭐라고 하시나? 병원, 차, 아파트? 4년간 오빠한테 들어간 돈이면 병원은 못 올려도 차 빼 주고 작은 아파트는 샀겠다! 피가 거꾸로 솟았지만 그래도 이제 와 명훈 오빠를 놓칠 수는 없었다.

"집에서 아파트하고 차는 사 주실 거예요."

나는 기어들어 가는 목소리로 말했다. 사실 집에서는 내가 돈을 꽤 모은 줄 알고 계신다. 봉급 받아 집에 일절 가져가지 않았으니까. 부모님 생신과 명절에 현금 봉투 정도 드릴 뿐이니, 아버지는 내가 결혼 자금을 단단히 모은 줄 미루어 짐작하고 예식장은 좋은 곳에서 떡 벌어지게 당신이 올려 주고 신혼여행도 해외로 보내 준다고 하셨다.

"아니야. 병원이 먼저지. 병원을 아무나 올리나?"

오빠 어머니는 치맛자락을 모으며 쌀쌀맞게 내뱉었다. 자존심이 내동댕이쳐진다.

'잠깐만요, 4년 동안 오빠 밥 사 주고 용돈 대 주고 등록금 보
태고 했네요. 여자가 한을 품으면 오뉴월에 서리 내린다는 말 있
지요? 병원요? 병원 앞에 밤낮 플래카드 치켜들고, 사귀던 여자
벗겨 먹은 파렴치한 놈이라고 병원 선전할까요?'

그러나 나는 터져 나오려는 말 한마디도 내뱉지 못하고 중얼거
렸다.

"오빠하고 의논할게요. 그럼."

내 머리채라도 잡을 듯 벌떡 따라 일어서는 그들을 외면하고
찻집을 나왔다. 다리가 휘청했다. 그 뒤 우리가 만났을 때 오빠
는 힘들어 죽겠다는 자기 말만 해서 나도 오빠 어머니 만난 말은
구태여 꺼내지 않았다. 오빠 마음이 더 중요하지. 그에 대한 믿음
이 바위처럼 단단했다. 우리는 식사를 하고 커피를 마시고 오빠
나이키 운동화를 사러 갔다. 이젠 그를 위해 돈을 쓰지 않으면
돈 쓸 데가 없었다. 4년 동안 나는 그에게 길들어져 언제나 그를
향한 해바라기가 되어 버렸다.

큰일은 그 뒤에 생겼다. 조심했는데 임신이 되었다. 내 심장이
더 뛰었다.

"오빠 이젠 나한테 꽉 잡혔어!"

퇴근 시간이 굼벵이보다 느려 터지게 갔다. 카페에서 펄떡이는
가슴을 누르며 떨리는 목소리로 임신을 알렸을 때 오빠 얼굴은

급소를 맞은 사람처럼 처참하게 일그러졌다.

"뭐! 너, 지금 제정신이니? 도대체 어쩌려고? 국시 공부만도 골 아픈데."

"오빠!"

"난 죽어도 허접스럽게 시작하기 싫단 말이야! 빨리 처리해!"

그는 벌컥 화를 내며 후다닥 나가 버렸다. 우리들의 첫아기인데, 오빠가 저렇게 기분 나빠 할 줄은 꿈에도 생각도 못 했다. 오빠는 이튿날 전화로 그것 빨리 처리하지 않으면 끝이라고 통고했다. 그것이라고? 무슨 물건 치우듯 치우라고? 명훈 오빠가 저렇게 비겁하고 책임감 없는 사람이었나? 머저리 등신 새끼! 그동안 우리의 관계는 무엇이었나? 분노가 치밀었다. 그러나 겁부터 났다. 우리 아기를 떼라고, 어떻게? 잔인하게. 덜덜 떨렸다. 미혼모, 내가 미혼모가 되면 부모님도 펄펄 뛰며 외면하시겠지.

'이보영, 넌 뭐니? 사는 게 장난이니? 너를 찾아온 생명 하나 못 지켜 주면서 장밋빛 앞날을 꿈꾸고 있었니?'

내 몸에 깃든 새 생명을 지우기까지 나는 끝없는 갈등과 자책, 죄의식에 빠져 허우적거렸다. 그리고 그때부터 우리의 만남도 나를 찾는 그의 발걸음도 거짓말처럼 멀어져 갔다. 만나서 따귀라도 올리고, 넌 사람도 아니야, 소만도 못한 개새끼라고 퍼부어 주고 돌아서려 했는데 전화도 안 받고 종적을 감추었다. 기다림, 그

보다 더 괴롭고 지겨운 시간이 있을까? 꺾어진 장미꽃이 꺼멓게 시들어 가듯 서서히 시들어 가는 나 자신을 보는 것은 잔인함의 끝이었다. 눈 뜨는 것, 숨 쉬는 것 다 괴로웠다. 어느 날 참다 못해 학교 앞으로 찾아갔다 그 자식을 보았다. 긴 머리 여자의 어깨를 껴안고 귀엣말을 나누며 걸어가다 길가에 주차한 여자의 빨간색 자가용 조수석 문을 열고 성큼 오르는 그를 맞닥뜨렸다. 그는 몇 미터 앞에 있는 나를 싹 외면했다. 별떡빌떡 심장이 뛰고 숨통이 막혀 왔다. 빙빙 돌던 하늘이 내 머리 위로 내려앉았다.

그즈음 천성태를 만났다. 시립도서관에서. 나는 잠들기 위해 책을 빌렸다. 책을 펴들고 있으면 잠깐이나마 눈이 감겼다. 그날도 서가 사이를 서성이다 그를 만났다.

"보영, 보영 누나 맞지요?"

무심히 지나치는데 누군가 낮은 소리로 물어 왔다. 두꺼운 책 몇 권을 들고 있는 남자, 한참 만에야 성인이 된 성태를 겨우 알아봤다. 키가 훌쩍 크고 다부진 얼굴에 피부는 여전히 검었다. 그가 너무 반갑게 나를 도서관 커피숍으로 이끌었는데 큰 소리로 누나라고 불러 대어 나는 주위 창피해서 따라갔다. 일찍 군대를 다녀오고 농대를 다닌다고 했다. 그는 옛날의 수줍고 바보 같던 아이, 천성태가 아니었다. 어쨌든 하필 이때 성태를 만난 것도 너무 싫고, 나를 반기는 그의 존재에 덕지덕지 짜증이 났다. 나 자신도 추스르지 못하는지라 누구라도 싫었다. 나는 당시 악몽에 시달리며 불면증이 깊어 갔다. 하얗게 밤샌 날이면 밥 한술도 먹지 못했다. 내 몸은 야위어 갔다. 암막 커튼도 수면 안대도 소용없었다. 그냥 잠 한번 푹 자는 게 소원이었다. 병원에서 받은 수면제와 약국에서 구한 수면제가 서랍에 수북했다. 사흘간 밤을 꼬박 새운 새벽녘, 나는 미친 듯 수면제를 입 안에 털어 넣었다. 그냥 푹 잠들고 싶었다. 다 잊고 싶었다. 어딘지 모를 캄캄한 절벽에서 벼랑 아래로 굴러떨어졌다. 앗! 나는 말도 못 할 고통에 몸부림쳤다. 너무 아파 정말 죽을 것 같았다. 왜 이리 아프지?

"이봐요, 눈 좀 떠 봐요!"

누군가 자꾸 불렀다. 전신을 찢는 고통에 이를 악물었다. 나직한 목소리가 들렸다. 이틀 만에 깨어났니 어쩌니 했다. 그리고 마구 나를 흔드는 손길을 느꼈다.

"누나! 누나, 눈 떠 봐! 나 보여? 나 알겠어?"

천둥소리에 놀라 눈을 뜨고 멍하니 나를 내려다보는 사람을 알아본 순간, 나는 비명을 지르며 돌아눕고 말았다. 성태다. 아, 망할 자식! 바보 멍청이 병신 자식!

"누나 걱정하지 마. 어른들 놀라실까 연락 안 했어."

지가 왜 여기 있어? 기운만 있다면 일어나 그를 멀리 확 떠밀어 버리고 싶었다. 그와의 전쟁이 시작되었다. 버림치가 된 내 꼴을 보이기 정말 싫어 철벽을 쳤다.

"성태야, 제발 나를 놓아줘. 나 형편없는 여자야!"

"누나 형편없는 줄 알아. 기껏 수면제나 먹는 바보가 나보다 세 살이나 많고. 옛날 갈래머리 예쁜 소녀는 흔적도 없어. 또 사고 칠까 싶으니 퇴원 때까지만 돌봐 줄게."

퇴원하기 전날 밤, 휠체어에 나를 태우고 병원 쉼터 벤치에서 성태는 옛날 어려서부터 누나를 짝사랑했노라고 고백했다. 언젠 가는 누나를 만날 것이라는 희망으로 아버지를 보내고도 힘든 세월을 꿋꿋이 버티었다고 담담히 털어놓았다. 이제는 절대로 누 나를 놓치지 않겠다며 내 무릎에 얼굴을 묻었다.

"바보 같지만, 이제껏 내가 사랑한 여자는 단 한 여자야. 물안 개 피어나는 강변 금빛 아침 햇살을 같이 보고 싶은 사람, 가슴 이 저미도록 울컥울컥 그리워지는 사람, 원앙새 놀고 개개비 노래 하는 샛강을 손잡고 걷고 싶은 이 세상 한 여자란 말이야!"

나 자신 감당도 힘든데 그를 밀어내기에 너무 지쳐 갔다. 시간 을 달라고 했다. 탈출! 지겨운 이 도시를 떠나리라. 아, 제발 내게 서 우직하고 느티나무 닮은 저 사람을 떼어 놓으소서! 나는 큰 캐 리어 가방을 끌고 서울행 야간열차에 몸을 실었다. 그러나 밀양도 못 가 성태에게 잡혔다. 승객들 다 나가 버린 불빛 희미한 밀양역 밤 플랫폼에서 성태는 꺽꺽 울음을 삼켰다. 또 악연일까? 실 한

타래 다 풀어도 닿지 못할 인연일까? 엉킨 실타래는 끊지 말고 슬슬 풀어 주어야 한다던 엄마 말이 떠올랐다.

6개월 후, 우리는 지리산 천왕봉에서 결혼했다. 그가 지리산 야생화로 정성껏 만든 화관을 쓰고 부케를 들었다. 하늘과 땅, 성스러운 지리산에 맹세하고 맞절을 하고 이니셜이 새겨진 은반지를 서로에게 끼워 주고 준비해 간 결혼 서약서를 읽고 사인했다. 배낭에 몇 겹으로 싸 간 포도주로 잔을 부딪쳐 축배도 들었다. 등산복을 입고서. 성태는 세상을 다 얻은 듯 숨도 못 쉬게 나를 포옹하고 키스했다. 천왕산 등산객들이 하객으로 둘러서서 박수로 축하해 주었다. 다음 날 혼인신고도 마쳤다.

훗날, 성태는 도서관 만남 때 이상을 감지하고, 그날 내 집 앞을 서성이다 기척도 없고 전화도 받지 않아 들어가 보니 쓰러져 있었다고 했다. 그리고 내가 하루를 넘겨도 깨어나지 않아 개새끼(명훈)를 찾아가 흠씬 패 주었다고 했다. 성태는 그 후, 그의 이름을 한 번도 입에 올리지 않았다. 성태는 이후 약으로도 추스르지 못하는 내 위장과 몸이 걱정되어 고향으로 가자고 했다. 나는 펄쩍 뛰었으나 사실은 엄마 곁이 그리웠다. 성태는 아버지 집 멀지 않은 곳에 집을 사 자신이 직접 인테리어 해서 거실, 주방 등 실내를 아파트처럼 꾸몄다. 아버지는 노발대발 자식 아니라고 꼴도 보기 싫다고 난리를 쳤고, 엄마는 소쿠리를 들고 강바닥을 훑어 재첩잡이를 시작했다. 성태도 재첩잡이에 따라나섰다.

"본시 남의 흉 사흘 간다고 하니라. 낙동강 재첩국 보약이니 먹고 병 나아야지."

시원하고 뽀얀 엄마표 재첩국을 장복한 덕택인지 내 속병과 불면증, 트라우마가 차츰 사라져갔다. 성태는 자신을 알뜰살뜰 챙기는 장모님을 '어무이'라고 부르며 극진히 모셨다. 엄마는 일찌모정을 잃은 사위를 따뜻이 품어 주었다. 나는 그에게 연인이며 누나이고 친구가 되었다. 그는 우렁 각시만 옆에 있으면 세상 부러운 게 없다고 수줍게 고백했다. 고향으로 돌아오고 2년이 지나내가 임신을 하자 아버지는 우리 결혼식을 서둘렀는데 우리가 느긋하게 있자 핏대를 올렸다.

"참말로 기가 차네. 남들 보기 우세스레 식도 못 올리고 사는 주제에 뭔 유세하냐?"

남편은 농지를 사들여 이제는 대규모 하우스 토마토 재배를 했다. 들녘에 흰 비닐하우스가 늘어났다. 서낙동강 하류 대저 일대는 퇴적층으로 토양에 유기물 함량과 염분이 많고, 주위에 산이 없어 일조량을 많이 받고 자란 대저 토마토는 단맛이 풍부하고, 비타민 C 함량이 높아 신맛과 특유의 짭짤한 맛이 나는 짭짤이 토마토로 전국적으로 유명해 생산이 달렸다. 토마토밭에서 일할

아주머니들이 아침이면 봉고차를 타고 몰려왔다. 남편은 토마토 품질 향상과 병충해 예방에 전력을 기울였다. 남편은 하우스 농업에 성실했고 대저 농민들의 토마토 수익 창출에 앞장서 농심을 얻었다. 농업도 기계화되어 농기계가 많아져 그를 찾는 이웃이 많았다. 마을 이장을 떠맡고 우수 농업인, 농민 후계자, 대저 토마토 회장 등 남편은 지역의 유명인이 되었다.

민준, 민서 두 남매가 자라 대학생이 되었다. 나는 소망하던 내일을 하고 있다. 문화원에서 문학 체험 창작 수필 강의를 맡고 있는데 60, 70대 수강생들이 풀어놓는 삶에서 나 자신이 배우는 게 더 많았다. 그리고 주위 다문화 가족 이주 여성들에게 일상생활을 위한 생활 한글을 가르치고 있다. 가족과 사회생활 소통을 위해 우리말을 열심히 배우는 그녀들의 모습이 짠하고 아름다웠다. 강심을 따라 머리칼 날리며 혼자 갈맷길을 걷는다. 1,300리 낙동강! 강물은 흘러 흘러 그 많은 샛강까지 다 합수해 얼마나 많은 강마을 사람들의 아픔과 소원을 기억하며 이곳 하구까지 흘러왔을까. 강물에 띄워 보낸 내 아픔도 있었지. 바람에 흔들리며 당도한 지천명 나이테가 튼실한 뿌리를 내렸다. 천성태, 우직한 버팀목 그 사람이 없었으면 나는 어디로 흘러갔을까? 남편은 내 가슴에 시들지 않는 빨간 장미꽃을 심어 주었다.

아버지가 위암 진단을 받았다. 일흔다섯, 이제껏 건강하셨는데 건강검진에서 이상을 발견해 대학 병원서 수술을 받았다. 위암 2기. 한평생 피우던 담배에 술까지 못하자 아버지는 밭에서 일하고 시원한 막걸리 한잔 쭉 들이키는 재미로 살았는데 무슨 낙으로 사냐고 우울하셨다. 항암 치료를 받으면서 머리카락이 슬슬 다 빠져 결국 흰머리를 싹 밀었다. 다음 날 남편이 머리를 박박 밀고 나타났다.

"은자 장인어른만 대머리 아닙니다. 같이 댕기면 마 내를 더 쳐다볼 것이구먼요."

아버지는 어이가 없는지 불같이 화를 내며 삿대질을 했다.

"미친놈! 내가 언제 지 대가리 밀라 했냐!"

"내 억수로 바빠 머리 깎을 시간도 없는데 시원해서 좋습니다. 장인어른, 이젠 일손도 놓고 시간 맞춰 약 또박또박 자시고 운동하시소. 만보기 달아 드릴 테니 어무이 손 잡고 애인처럼 강변길 걸으면 얼마나 좋습니꺼! 지는 요새 바빠서 우리 우렁 각시 손도 못 잡는데."

남편은 하하하 웃으며 마을에 알릴 게 있다며 방송실 간다고 나갔다.

"저 인간 니 엄마는 처음부터 어무이, 어무이 부르며 극진히 위하면서, 날 보고는 만날 장인어른 한다."

"살갑게 어무이, 어무이 하니 그것도 샘나우? 우리 천 서방 같은 사위 눈 닦고 봐도 세상에 어딨소!"

"또 또 자랑질이다. 애들 오겠다. 니도 어서 고만 가거라."

엄마와 내가 거실을 나가려는데 아버지가 손등으로 눈물을 훔치며 중얼거렸다.

"저놈이 옛날 니 목숨 건진 거 내 다 안다. 도적놈!"

"아버지!"

꘍

　내가 혜리 소식을 들은 것은 토요일 밤 10시가 넘은 시간이었
다. 베트남 다낭과 캄보디아 앙코르와트 일주일 관광여행을 하고
조금 전 집에 도착했다. 너무 피곤해 여행 가방은 밀쳐 두고 거
실 소파에 퍼질러 앉아 냉장고의 시원한 오렌지 주스를 마시고
있던 참이었다. 역시 집이 참 편하다는 엉뚱한 생각까지 하면서.
전화가 왔다. 일주일 만에 듣는 휴대전화 엄마 목소리가 평소와
달랐다.
　"집에 왔냐, 아직 안 왔냐? 너 기다려 내 애간장이 다 빠진다."
　"조금 전에 집에 왔는데 왜 그래? 무슨 애간장이 빠진다고 그래?"
　"혜진아, 어떡해? 큰일 났다. 혜리, 혜리가 산소호흡기 달았다!"
　엄마는 격정에 제대로 말을 잇지 못했다. 뭐, 뭔 말이야? 혜리
가 왜 산소호흡기를 달아? 엄마가 잘못 말했나, 내가 말을 잘못

들었나? 머리가 아뜩했다. 혜리가 왜? 뭣 때문에? 그걸 이제 말하면 어떡해? 네가 외국 간다고 전화하지 말라며, 일이 이렇게 커질 줄 몰랐다고 엄마는 탄식했다. 혜리 어디가 그리 아프냐고 물어도 잘 모른다고 했다. 혜리는 내가 여행 떠나기 전 전화로 언니 구경 잘하고 재미있게 놀다 와, 친구들이랑 가서 좋겠다, 했다. 나는 넌 나중에 사랑하는 서방님이랑 가면 좋아 죽을걸, 하고 놀렸다. 혜리는 언닌 나 놀려 먹는 재미로 살지, 하면서 까르르 웃었다. 그러고는 소화가 좀 안되어 속이 편치 않다면서 소화제를 먹었다고 했다. 쟤 임신 아니야? 싶었지만 혹시 뭘 잘못 먹었냐고 물으니 신랑과 수산 시장 가서 제철 생굴과 소라를 사서 불판에 구워 먹었는데 너무 맛있어 많이 먹어 그런가 하길래 체했나 싶어 병원에 가 보라고 일렀다. 산소호흡기라니? 멀쩡하던 사람이 무슨 산소호흡기를? 혜리가 왜 갑자기 위중해졌단 말인가. 고작 일주일 만에. 나는 몹시 피곤해도 혜리 입원한 병원에 가겠다고 하자 엄마가 중환자실이라 지금 가 봤자 면회가 안 된다고 했다. 나는 혜리 걱정에 밤새 자다 깨기를 반복했다. 꿈자리까지 뒤숭숭했다. 부르르 부르르 핸드폰 진동이 떨었다. 놀라 시계를 보니 4시다. 새벽 전화? 예감이 불길했다.

"혜리가 대학 병원으로 옮긴단다. 이 일을 어쩌누?"

"여기도 큰 병원인데 왜? 뭐가 더 나빠졌대?"

"몰라. 하 서방이 전화로 옮겨야 한다네."

"엄마, 내가 바로 혜리한테 갈까?"

"아서라. 내가 가야지. 택시 잡아 갈게. 나중에 전화하마."

눈앞이 캄캄했다. 이곳 지방에서 소문난 종합 병원에서 입원 환자를 부산의 대학 병원으로 이송하다니. 나는 부리나케 세수를 대강하고 옷을 챙겨 입었다. 차 키를 들고 현관을 나서는데 엄마 전화다. 하 서방이 구급차로 먼저 출발한다는 연락이 왔다고 했다.

"엄마, 내가 지금 엄마 집으로 갈게, 준비하고 있어. 우리 뒤따라가자."

아파트 지하 주차장으로 내려가니 인적 하나 없는 넓은 주차장에 빈자리 없이 꽉 들어찬 각종 승용차가 마치 도시의 점령군처럼 보였다. 저 많은 차들이 로봇처럼 네 바퀴로 성큼성큼 걸어서 다닐 것 같아 순간 소름이 들었다. 내가 왜 말도 안 되는 생각 하지. 재빨리 차 시동을 걸어 도로로 나오자 가로등 푸른 수은등 불빛이 어둠을 밀어내며 적막한 도시를 지키고 있었다. 내 차는 인적 없는 뻥 뚫린 도시의 차선으로 속력을 내어 달리기 시작했다. 빨리 가자, 엄마 집으로.

"혜리야! 혜리야!"

주차하고 뛰어 들어간 대학 병원 응급실은 밤새 들어온 환자들로 만원이었다. 그래도 대개가 피가 나게 다쳤거나 배가 아프다, 머리가 아프다고 큰 소리로 호소하는 환자들과 설핏 잠이 든 사람들이지 우리 혜리처럼 산소호흡기에 의식 없는 환자는 없었다.

"혜리야! 혜리야!"

지방 K 병원서 이송된 환자를 찾으니 직원이 중환자실로 들어 갔다고 했다. 중환자실을 찾아가니 중환자실 밖 대기 소파에 하 서방이 두 손으로 얼굴을 감싸고 큰 키의 몸을 벽에 구기고 쓰러 지다시피 하고 있었다.

"혜리, 우리 혜리는?"

"장모님!"

"여기서, 대학 병원서 치료하면 우리 혜리 낫는 거지?"

엄마는 하 서방 손을 잡고 다그쳤다. 하 서방은 혜리 발병이 마 치 자신 탓인 듯 고개를 들지 못했다.

"혜리 의식 돌아왔어요?"

"아직요. 그대로여요."

엄마는 마른 시래기처럼 털썩 복도 바닥에 주저앉으며 덜덜 몸 을 떨었다. 우리는 중환자실 닫힌 문만 하염없이 바라볼 뿐 무기 력하게 아무 할 일이 없었다.

"진작 옮길 것을, 후회뿐입니다."

하 서방이 비통하게 말했다. 이마가 반듯하고 눈, 코, 입 윤곽이 뚜렷하게 잘생긴 젊은 남자의 얼굴이 심하게 일그러져 있었다. 위로의 말도 나오지 않았다. 혜리야, 제발 좀 나아라! 네 신랑 봐서라도. 병원 특유의 소독약 냄새가 슬슬 코에 스며들었다.

혜리가 인슐린 주사를 맞았다고 했다. 엄마도 나도 깜짝 놀랐다. 왜, 왜 인슐린 주사를 맞았는데? 언제부터? 엄마도 몰랐다고 했다. 평소에 혜리가 당뇨에 예민해 우리는 혈당 수치가 조금 높은 정도로 알고 있었다. 혜리는 평소에도 소식이었다. 엄마 집에서 식사할 때 더 먹으라 권하면, 과식하면 위가 부대낀다고 하면서 운동할 시간이 없다고 불평했다. 혜리는 167센티 키에 몸무게 47킬로, 결혼하고도 50킬로를 넘은 적이 없는 늘씬한 체격이었다. 머리는 아가씨 때부터 이제껏 등까지 내려오는 흑발의 긴 생머리를 했는데 머릿결이 유달리 윤기가 흘렀다. 혜리는 왜 우리에게 당뇨병을 숨긴 것일까? 엄마 걱정할까 봐? 아니, 왜 나한테도 말하지 않았을까? 도무지 이해되지 않았다. 그동안 당뇨약을 먹다 지난해 가을부터 혜리가 인슐린 주사를 집에서 자기 스스로 놓으면서 하 서방도 알게 되었다고 했다.

혜리는 결혼한 지 이제 5년 차다. 은행원 커플이다. 혜리가 대학 졸업하고 취업한 은행에서 사내 연애로 결혼한 부부다. 제부가 군 제대하고 취업했기에 나이가 세 살 많았다. 아무튼 그들은 열렬히 사랑해 결혼하겠다고 해서 양가에서 별 이의 없이 승낙하고 결혼했다. 딸만 셋인 우리 집에서 장녀인 내가 결혼에 별 관심이 없는지라, 엄마는 엄마 친구들 말처럼 요즘은 순번 필요 없고 누구든 먼저 시집가겠다면 고맙소, 하고 얼른 드레스 입히는 게 상책이라는 말처럼 그렇게 했다. 물론 신랑 직장이 든든하고 시댁도 아들 형제에 시부모가 노후 걱정하지 않을 정도로 여유 있다니 반대할 일도 없었다. 엄마는 아버지 부재를 걱정했으나 혜리 결혼은 순조롭게 진행되었다. 그들은 25평 아파트를 사 신혼 살림을 차렸는데 시댁은 물론 혜리도 그간 저축한 큰돈을 보태어 대출은 별로 내지 않았다. 그들은 신혼부부답게 거실에 고급 샹들리에를 달고 거실 방 주방을 아주 멋지게 인테리어 해서 새 아파트로 만들어 우리를 깜짝 놀라게 했다. 무엇보다 그들은 정말 잉꼬부부였다. 우리가 못 봐 주겠다고 놀리면 언니도 결혼해 봐! 하고 눈을 흘겼다. 그들은 얼마나 알뜰히 사는지 지난해, 그러니까 결혼 4년 만에 대단지 34평 새 아파트를 프리미엄을 주고 사 이사했다. 혜리는 엄마의 유일한 자랑스러운 딸이었다.

나는 직장 핑계로 집을 나와 독립해 살고 있는데 사실은 엄마의 집요한 결혼 독촉에 질려서, 아니 피해서 집을 나왔다. 엄마의 기본 철학은 '여자는 결혼해야 한다'는 만고불변의 원칙을 고수해, 요즘은 시대상에 따라 좀 늦게 하더라도 인생에서 결혼은 반

드시 해야 하는 것이다. 결혼할 사람이 없다거나 결혼할 마음이 없다는 별별 이유를 다 붙여도 엄마에겐 마이동풍이다. 딸이 연애도 못 하는 등신이라고 친구들, 지인들에게 밥 사고 커피 사며 얼마나 눈물겨운 신신당부를 하는지 심심찮게 신랑 자리를 물고 와 맞선을 강요해서 번번이 모녀간에 큰소리만 났다. 맏이인 나는 고집이 센 밉상인 딸이지만 혜리는 엄마 말 잘 듣는 착한 딸이다. 엄마 의견에 나처럼 반항하지도 거절하지도 않았다. "응, 엄마. 그거 나중에 할게." 하고 엄마 성정을 누그러지게 했다. 초등학생 때도 잘 깜빡하는 나하곤 달리 혜리는 아빠 엄마 생일이나 어버이날을 절대로 잊지 않고 양말이나 손수건 같은 작은 선물이라도 꼭 했다. 툭하면 혜리 본보라는 엄마 잔소리를 귓등으로 들었지만 틀린 말은 아니라고 생각했다.

딸 셋을 지극히 사랑하시던 아버지는 K 항구도시 초등학교 교사로 근무하셨는데 주말에 자동차로 집에 오시다 음주운전 교통사고를 당해 병원서 보름 만에 돌아가셨다. 중상이었다. 내가 중학교 다닐 때였다. 나는 너무 슬퍼 세상이 끝난 줄 알았다. 나는 엄마를 돌아볼 여유도 없었는데 혜리는 아버지가 돌아가신 후 엄마를 더 위했다. 대학 졸업하고 은행에 취업하면서 외식도 자주 하고 예쁜 옷을 사 드리고 엄마 생활비도 정기적으로 드렸다. 결혼하고도 휴일에 부부가 맛있는 식당에 가면 꼭 엄마를 모셔 가고 자가용에 엄마를 태워 여행도 함께 다니곤 했다. 엄마한테 전화하면 혜리 자랑 하기 일쑤였다. 나는 혜리가 내심 고마웠지만 대놓고 말하진 않았다. 우리는 자매니까 누가 잘해 드려도 괜찮다고 생각했다. 막내 혜나는 자유로운 영혼의 소유자다. 엄마 말에 따르면 아버지를 이어받은 교육자다. 초등학교 교사인데 방학이면 어김없이 해외 배낭여행을 떠났다. 대학 친구 서너 명과 나서는데 여행지 버킷 리스트를 정해 놓고 다닌다고 했다. 평소에는 엄청난 짠순이로 살며 여비를 준비해 가성비 좋은 배낭여행을 한다고 자랑이다. 어쨌든 엄마한테 나이 대답하기 부끄러운 결혼 못 한 남세스러운 큰딸이며, 선생 소리 듣기 민망한 소견머리 팔푼이인 막내딸이다. 그래서 둘째 혜리가 제일 이쁜 짓 하는 살가운 딸인데, 근래 들어 아기 언제 가지느냐고 슬슬 보채기 시작했다. 쟤들 직장 다니느라 애도 미루나 보다 하길래 혜리 아기 낳으면 봐 줄 거야? 하고 물으면 꼭 두말했다.

"저 새끼 지가 봐야지 무릎 아픈 내가 어째 보나?"

"고물고물한 새끼 안고 오면 어쩌누? 내가 봐 줘야지. 고거 얼마나 예쁠 거여! 아기 보다 다치기라도 할까 봐 그러지. 애 낳아도 젊을 때 직장 나가 돈 벌어야지."

하고 은근히 혜리 임신을 기다렸다. 나도 우리 혜리 아기면 옷도 사 주고 동화책도 사 주고 정말 예뻐할 것이다. 이모라고 부르면 기분 좋아 장난감도 왕창 사 줄 것이다.

집에서 언젠가 혜리에게 지나가는 말로,

"정혜리, 엄마 손주 기다리시던데 기쁜 소식 없어? 육아 걱정은 말고."

"엄마가 나 아기 낳으면 봐 주신대? 언니, 나 사실 아기 갖고 싶은데 안 생겨. 시험관 시술할까? 아니면 예쁜 아기 입양하든지."

그러곤 혜리는 까르르 웃었는데 엄마가 주방에서 들었는지 질색을 하고 나섰다.

"애들이 무슨 소리하누? 새파랗게 젊은 나이인데 애가 좀 늦게 들어서는 거지. 어찌 그런 흉한 말을 입에 올려! 남의 자식 키우는 게 밥 먹듯 쉬운 줄 아니? 다시는 그런 소리 입에 담지도 말아라."

엄마가 너무 정색하고 나서는지라 혜리와 나는 얼른 입을 다물었다.

우리는 중환자실에 있는 혜리 얼굴을 볼 수가 없었다. 중국 우한에서 시작된 코로나바이러스, '코로나19'가 우리나라 지역 종교 시설에 전파되면서 확진자가 나오고, 점차 다른 지역으로 퍼져 나가면서 전국이 발칵 뒤집혔다. 텔레비전과 언론에서 매일 코로나 확진자와 격리자 수를 발표하고 음압 병동을 비추었다. 코로

나에 마스크와 손 씻기가 방역이라는데 마스크를 돈 들고도 맘대로 살 수 없는 마스크 대란이 일어났다. 병원도 난리였다. 코로나19 때문에 병원 전체 방역이 강화되었고 일반 병실도 면회가 어려운데 중환자실은 더 어려웠다. 이틀에 한 번 오후 2시 가족한 명만 면회가 허락되는지라 애태우는 하 서방이 우선 들어갈 수밖에 없었다. 엄마는 가슴속이 숯검정이 되어도 하 서방에게 양보해야 했다. 하 서방은 회사에 휴가를 내었는지 대학 병원 부근에 모텔을 얻어 놓고 밤에 잠만 자고 병원에 살았다. 마스크를 하고 대학 병원 부근을 하릴없이 빙빙 돌거나 중환자실 소파에 죽치고 있었다. 엄마도 날마다 병원행이었다. 혜나와 내가 번갈아 자동차로 대학 병원까지 데려다주지 못한 날이면 직행버스로 달려와 종일을 병원에서 서성거렸다. 혜리 얼굴 보지 못해도, 혜리 목소리 한 번 듣지 못해도 날마다 병원을 찾았다. 하루만 집에서 쉬라고 해도 완강하게 고개를 저었다.

"내 자식이 목숨 걸고 사경을 헤매는데 쉬라니, 너희들 그게 말이라고 하나? 애가 언제 깨어나 엄마 찾을지 모르는데 마땅히 우리 혜리 옆에 대기하고 있어야지!"

하루가 한 달보다 길었고 24시간이 365일처럼 까마득했다. 하동에서 며느리 걱정에 얼굴이 사색이 된 사장어른, 사부인이 병원에 오셔도 면회는커녕 병원 밖 벤치에서 내내 서성이다 별 차도 없다는 걱정스러운 말만 아들에게 듣고 힘없이 먼 길을 되돌아가셨다. 혜리의 병세는 차도가 있는 게 아니고 더 나빠지는 듯했다. 담당의가 환자 상태가 위중하다고 했다. 아니, 처음부터 상태가 많이 안 좋다고 했다. 옮긴 지 닷새가 지나도 환자 의식이 깨어나지 않으니 기가 막힐 노릇이었다. 원인을 찾으려고 검사란 검사는 다 하는데도 아직 정확한 병명을 못 찾았다 해서 우리는 심장이 타들어 갔다. 담당의에게서 환자 수혈 처방을 듣고 하 서방은 급히 집으로 가더니 헌혈증 서른 장을 가져왔다. 고등학생 때부터 헌혈했다고 해서 나는 하 서방을 다시 봤다.

혜리는 여전히 무의식 상태에서 결국 기관 삽관을 하고 인공호흡기를 달았다. 그리고 혜리는 결국 신장 투석까지 받게 되었다. 의사가 환자의 장기가 손상되어 간다고 해서 우리는 끝없이 절망했고 불안은 바다 깊이보다 깊어졌다. 엄마는 멍청해져 갔다. 내가 부르면 깜짝깜짝 놀라곤 했다. 우리 혜리 어떡해? 저 혼자서 얼마나 겁나고 무섭겠냐! 중얼대며 예순도 반 넘은 엄마가 꺽꺽 속울음을 삼켰다.

"혜리는 어릴 때부터 입이 짧아서 잘 먹지 않아 내가 곧잘 구박하고 그랬거든. 어떻게든 달래어서 잘 먹일 걸 내가 잘못했어. 나빴어."

혜리에게 한 대에 200만 원이 넘는다는 주사도 맞혔다. 혜리

신랑은 담당의에게 현대 의학으로 할 수 있는 치료는 다 해 달라고 사정했다.

"저 사람 나을 수만 있다면 무슨 일을 못 하겠습니까!"

그는 얼굴이 반쪽이 되어 혜리의 병마와 끝까지 싸우겠다며 입술을 질근질근 씹었다. 언니인 나는 혜리를 위해 할 수 있는 게 하나도 없어 괴롭고 안타까웠다. 애써 희망적인 말만 했다.

"엄마, 혜리 내일이라도 눈 번쩍 뜨고 깨어날지 모르잖아!"

"그럼 그럼. 우리 혜리 얼마나 똑똑하고 야무진데 곧 일어날 거여."

사내 식당에서 직원들과 점심을 먹는데 핸드폰으로 엄마 비명이 들렸다.

"애, 혜리가 정신 들었대. 깨어났대!"

"정말? 정말 혜리가 깨어났어?"

하 서방에게 전화를 넣었다. 그의 목소리가 들떠 있었다. 환자가 의식을 찾았다는 담당의 전화를 받고 면회 갔는데 정말 혜리가 의식을 찾았다고 했다. 퇴근 무렵 인공호흡기를 제거했다는 반가운 소식도 왔다. 기관 삽입으로 목이 부어 말은 할 수 없는 상태지만 눈으로 대화는 한다고 했다.

"혜리 정신이 정말 또렷해서 꿈인가 싶었어요."

말을 못 해 답답한지 핸드폰을 찾길래 보여 주자 손을 내밀었다고 했다.

여기 어디야?

나 얼마나 잤어?

미안해, 나 이제 다 나은 거야?

하고 메시지를 썼다니 기적, 정말 기적이다. 우리 혜리 정말 장하네. 혜리야, 고맙다, 고마워!

퇴근해 집에 가니 엄마가 핸드폰을 들여다보며 눈물을 흘리고 있었다. 왜 그래? 핸드폰을 빼앗으니 엄마가 더 훌쩍였다.

엄마 미안해

나 빨리 나을게

앗, 이게 뭐야! 카톡 메시지다. 혜리가 보냈다. 세상에 혜리가 카톡을 보내다니, 혜리가 정말 정신 다 찾았나 봐. 어떻게 메시지까지 보내지? 엄마는 연신 고맙다, 내 딸 고맙다, 하고 중얼대며 안방으로 달려가 가방과 입고 갈 옷가지를 들고나왔다.

"엄마, 내일 가자. 지금 가 봤자 혜리 얼굴도 못 봐. 면회 안 돼."

"어떻게 내일까지 기다리누? 내 딸 보고 싶어 숨넘어가겠는데."

우리는 사하라 사막에서 오아시스 발견한 사람처럼, 로또라도 당첨된 듯 너무 기뻐 어쩔 줄 몰라 허둥거렸다. 이튿날 오후 2시,

엄마와 내가 전신 소독을 하고 안면 보호구에 방역 가운을 입고 중환자실에 들어갔다. 크고 작은 팩이며 링거 줄을 줄줄이 달고 혜리는 자는지 눈을 감고 있었다. 흰 붕대가 감긴 목이며 예상은 했으나 얼굴이 엉망이었다. 얼굴이 잿빛처럼 어둡고 살이 빠져 콧대만 선명하고 루주를 안 발라도 빛나던 분홍색 입술이 허옇게 부르터 거칠었다. 자르르 윤기 흐르던 검은 머리도 푸석푸석했다. 그동안 얼마나 힘들었을까. 엄마가 링거며 수액 줄들을 조심하며 혜리 야윈 손바닥을 조심스레 쓰다듬자 혜리가 눈을 떴다가 놀란 듯 쌍꺼풀진 두 눈을 껌벅껌벅하더니 다시 떴다. 보름 동안 생사 고비를 몇 번이나 넘긴 혜리 얼굴을 보았다.

"아이고 애야, 얼마나 힘들었어! 고맙다, 고마워!"

"정혜리! 너 진짜 대단하다. 위대해!"

혜리는 대답으로 커다란 눈동자를 껌벅껌벅했다. 아, 혜리 눈이 살아 있다.

"내 딸 장하다, 장해! 아가 얼마나 고생했냐. 너 퇴원하면 엄마가 잔치할게."

부르튼 입술을 실룩이는 혜리 눈꼬리에 이슬이 맺혔다.

"혜리야, 얼마나 힘들었니? 잘 버텨 주어 정말 고마워. 사랑해!"

"아가! 힘내라, 응? 너, 아기 때 젖 빨던 그 힘 내면 금방 일어날 거야. 그럼 그럼!"

어찌 신에게 감사하지 않을까! 눈물 자국 말라붙은 혜리 얼굴을 준비해 간 부드러운 물수건으로 조심히 닦아 주자 화색이 도는 듯했다. 수척해진 엄마 얼굴에 생기가 돌았다. 나도 기운이 펄펄 났다.

"혜리야 뭐 먹고 싶어? 주문해. 언니가 다 해 올게!"

혜리가 죽었다.

발병 25일, 대학 병원 입원 20일 만에 혜리는 우리 사는 세상을 외면하고 떠나 버렸다. 의식을 찾은 지 닷새 만에 다시 의식을 잃고 허무하게 눈을 감았다. 우리는 누군가에게 우리 혜리 목숨을 강제로 빼앗긴 듯했다. 혜리를 이렇게 앗아 가다니? 사람의 생명을, 고귀한 인간의 목숨을 이렇게 무자비하게 빼앗다니? 전능하신 신도 이럴 순 없어! 새파랗게 젊은데, 얼마나 창창한 구만리 앞길인데. 예쁘게 사랑만 하는 부부를 가혹하게 생사로 갈라놓다니! 우리는 갈팡질팡 허둥거렸고 엄마는 돌팔이 의사가 혜리를 죽였다고 욕하고 원망했다. 비보를 듣고 달려온 혜리의 친구들과 직장 동료들도 믿을 수 없는 현실에 고인의 영정 앞에서 무너져 내렸다.

하 서방이 수목장을 고집했다. 엄마는 혜리를 추모할 봉안당을 원했지만 하 서방이 혜리가 답답할 거라며 수목원 배롱나무 아래 혜리를 잠들게 했다. 혜리는 생전에 6월이며 꽃 사태처럼 활활 피는 백일홍을 좋아했었다. 아! 서른다섯 살. 내 동생 혜리가 불쌍하고 그 젊음이 너무도 아까워 나는 지독한 번민의 나날을 보내었다.

사랑하는 신랑을 남겨 두고 잘 다니던 직장도 두고, 정말 멋지게 꾸며 놓은 신혼집 신혼살림도 그대로 두고, 간다는 말도 없이 혜리가 영영 떠나 버렸다. 처절한 그리움도 녹아내리는 슬픔도 남은 이들의 몫이었다. 우리는 허구로도 위로할 말 한마디를 찾지 못해 서로의 얼굴을 외면했다. 도무지 받아들이기 어려운 현실에 우리는 분노하고 끝없이 좌절했다. 참척慘慽의 나날, 엄마 가슴에는 무거운 납덩이가 얹혀 끝내 사지를 뻗어 버렸다. 비몽사몽 누군가를 향해 잘못했다고 계속 헛소리했다. 혜나도 끝없이 자책했다. 작은 언니에게 미안해 죽겠어. 언니 말에 토 달고. 어릴 때 언니 이기려고 덤비고. 나 못됐어! 정말 사후가 있어 언니랑 다시 만날 수 있을까?

왜 하필 우리 혜리였지? 신은 왜 혜리를 그렇게 일찍 데려갔을까? 주책없이 오는 잠이 부끄럽고 입에 떠 넣는 밥숟가락이 너무 염치없었다. 세상도 주위도 그대로이고 베란다 화분의 나무도 비실대던 작은 식물조차 살아나는데. 우리는 말을 잃어 갔다. 제일 무섭다는 암도 아니고 교통사고도 아니고 사고사도 아닌데, 발병

하고 돌아서 생때같은 새파란 목숨을 거둬 간단 말인가. 첨단 의료 시설 잘되었다는 대학 병원도 무능하기 짝이 없지. 우리는 혜리가 꼭 누군가에게 희생당한 느낌에 분하기까지 했다.

하원표, 혜리가 그토록 사랑하던 남자, 혜리를 끔찍하게 사랑했던 남자가 휘청휘청 몸이 표현하는 슬픔과 아픔을 지켜보는 것도 힘들었다. 끝도 없이 허물어진 마음은 언제 진정될 것인가. 그러나 그도 긴 세월 사노라면 언젠가는 혜리를 가슴에 묻고 다른 여인을 사랑하게 될 것이다. 엄마도 큰딸과 막내딸을 보고 가끔은 시름을 덜 것이며 나와 혜나는 코 꿰인 직장에서 일용할 양식을 얻어 다시 젊음을 누리고 문화인으로 겉치레를 할 것이다. 기타를 치며 사운드를 즐기고, 팝콘을 먹으며 영화를 보고, 맛집을 찾고, 카페서 차를 마시며 친구들과 정담을 나눌 것이다. 혜나는 또다시 배낭여행을 떠날 것이고. 그렇게 혜리가 차츰차츰 잊혀 갈 걸 생각하면 가슴이 무너진다. 아버지! 세상이 끝난 듯 슬펐던 내 아버지의 참혹했던 주검이 뇌리에서 차츰 잊혀 가듯 혜리도 아마 그럴 것이다. 이 세상에 영원히 존재하는 것은 없지 않은가. 사랑도 미움도 슬픔도 추억도 사노라면 자신도 모르게 잊게 되고 소멸하는 것이 아니던가. 아, 너를 더 사랑하고 더 자주 볼걸. 혜리야 미안. 미안해!

퇴근길에 하 서방을 만났다. 내가 만나자고 했다. 혜리 떠난 지

한 달, 그의 얼굴은 아직도 미로를 헤매는 암담하고 어두운 표정 그대로였다. 고깃집으로 이끌었으나 죽집을 찾았다. 그는 전복죽 한 그릇을 천천히 다 비웠다. 죽을 먹으면 속이 편하다고 했다. 식사하고 조용한 커피숍으로 옮겼다. 그는 블랙커피를, 나는 레몬차를 시켰다. 아내를 잃은 남자는 밤하늘로 쓸쓸한 눈길을 보냈다. 그는 가만히 있으면 더 힘들어서 일에 매달리고 야근도 도맡아 한다고 했다. 혜리를 진작 서울 큰 병원으로 옮기지 않은 것이 후회된다고 했다.

"서울과 지방의 의술이 천지 차이랍니다. 살릴 수도 있었는데. 처형, 혜리 병명이 뭔 줄 아세요?"

"병명을 뚜렷하게 못 찾았다고 하지 않았나?"

"아니요. 혜리 병명이 선천적 유전 질환이라 했어요. 선천성 대사 질환."

"선천성 유전 질환? 그럼 나도 혜나도 선천성 유전 질환 보유하고 있다는 말인데."

"아, 아니요. 처형이나 처제는 그럴 리 없을 겁니다. 제가 말을 잘못했네요."

그는 방금 뱉었던 말을 주워 담느라 당황하며 말머리를 돌렸다.

"밤에 잠이 안 와서 혜리 일기장 뒤져 보고 있습니다."

"일기장? 우리는 일기장 안 쓰는데도 혜리는 메모처럼 가끔 적

는 것 같았는데, 결혼하고 계속 썼나 보네. 그때 저 소지품 보내
줄 때 같이 보내지 그랬어요?"

"담에 보내야죠. 내가 혜리 사랑했는데 혜리를 너무 몰랐어요.
혜리는 방황하는 영혼이었어요. 근래 '행복'이란 단어를 많이 썼
더라고요. 자신을 '갈대'라고 했어요."

갈대는 흔들리며 자란다
누가 갈대를 흔들고 있는가
언제나 짓궂은 바람 바람이었어
빈틈없이 얽혀 있는 갈뿌리가
흔들리는 갈대를 마냥 지켜 주었지
그래도 갈대는 바람에 흔들리더라

"혜리가 갈대라고?"

금요일 퇴근길에 엄마 집을 찾았다. 엄마는 불도 안 켠 거실에
누워 있다 뭐 하러 자꾸 오냐며 겨우 일어났다. 혜나는 귀가하지
않았다. 두문불출하는 엄마에게 공원에 나가 걷기라도 하라고
하자 생때같은 자식 잃었는데 나 오래 살자고 운동하냐 했다.

"엄마, 혜리 나쁜 병이었대. 하 서방 만났는데 그러더라."

"하 서방 꼴이 어떻든? 뭐라고 했기에 그래?"

"아직은 그렇지 뭐. 엄마, 혜리 선천성 유전병이라고 하던데."

엄마는 말없이 고개를 돌리며 한숨을 내쉬었다. 그래도 그냥 넘길 일이 아니다.

"혜리 중환자실 있을 때, 담당 의사가 중환자실이 아닌 진료실로 엄마 불러 문진표도 작성하고, 여러 가지 물었다고 했잖아. 그때 무슨 말 했는데?"

엄마는 눈을 꾹 감고 한참이나 대답이 없다 작심한 듯 입을 열었다.

"그때 교수님이 환자 상태가 심각하다면서 너무 젊어 안타까운 마음으로 빨리 의식이 깨어나길 최선을 다하고 있다며 여러 가지 묻더라. 나, 너희 자매 건강, 돌아가신 아버지 사망 원인까지 상세히 물었어. 나는 혜리 살리려고 성실하게 대답 다 했고."

"엄마, 그럼 나와 혜나도 혜리처럼 될 수 있다는 거야? 선천성 유전병이면."

"그건 아니다. 혜리만 어쩌다 그런 거야. 불쌍하게."

엄마는 완강하게 손을 내저었다. 두 눈에선 굵은 눈물이 뚝뚝 흘러내렸다.

"왜 혜리만 그렇다는 거야? 우리는 자매니까 DNA가 같은데 왜 아니라고 해?"

"사정이 있었어. 그럴 사정이 있었다니까."

내가 물러날 기미가 없자 엄마는 비장한 결심이라도 한 듯 마른 입을 열었다.

어느 날, 밤늦게 집에 돌아온 네 아빠가 품에 강보에 싸인 아기를 안고 있었어, 그때 얼마나 기함하게 놀랐던지. 네 아빠는 무릎을 꿇고 밤새 빌었어. 갓난이 살려 달라고. 나는 당장 나가라고 고래고래 소리치며 손에 잡히는 대로 집어 던졌지. 그때가 언제냐 하면 내가 둘째를 낳아 잃어버리고 정신없을 때였지. 8개월 만에 덜컥 조산한 아기는 체중 미달에다 몸이 아주 약하게 태어난 딸애였어. 퇴원해 집에 왔는데 아침에 일어나 보니 아기가 숨이 멎어 있더라. 정말 거짓말처럼. 그날 밤, 네 아빠는 쫓겨나고 밤새운 새벽녘, 기척도 없는 간난이가 죽었나 싶어 윗목에 밀쳐진 강보를 끌어 잡아 젖히니 애가 바짝 마른 입을 달싹이며 울고 있었는데 힘이 없어 우는 소리도 안 나더라. 그런데 내 눈에 처음 보는 그 아기가 죽은 내 아기로 보였어. 눈을 닦고 다시 봐도 병아리처럼 약하게 생긴 내 아기로. 그냥 두면 죽겠다 싶어 얼른 품에 안고 통통 불은 젖가슴을 헤치고 매일 짜내던 젖꼭지를 그 작은 입에 물려 주었더니 어쩌나 세게 빠는지 내가 깜짝 놀랐어. 조막만 한 게 살겠다고 젖을 못 넘겨 철철 흘리면서도 젖꼭지를 놓지 않아 살겠다 싶었어. 그때 너는 외할머니가 데리고 가서 집에 없었는데 며칠 후 오셔서 아기를 들여다보며 제 언니 닮았네, 하시더라.

아기는 내내 잠만 자더라. 아기는 그렇게 내 젖을 달게 먹으며 자랐어. 아빠가 혜리라고 이름 지었지. 뒤에 혜나가 태어나고, 너희들은 껍딱지처럼 붙어서 놀기도 하고 싸우기도 하면서 잘 지냈지. 그런데 입맛이 다르더라. 김치찌개, 시래깃국, 나물, 부침개 등 아무거나 잘 먹는 너희와 달리 혜리는 입이 짧았어. 애가 저 입에 안 들면 밥을 안 먹었지. 지금이야 먹을 게 차고 넘치지만 그땐 다들 어려운 형편인데 통조림, 햄, 맛살, 통닭, 살코기, 짜장면을 찾았지. 많이 먹지도 않고 조금씩 먹었는데 나중에 한 번 더 먹이려고 따로 치워 두면 너희가 찾아 먹어 버려 혜리 울리곤 해서 내가 화를 내었고, 혜리 가슴에 한 맺힐 소릴 한 거지. 어린 게 눈치 보는 것도 기가 차고, 넌 누굴 닮아 입이 그리 짧노? 이리 애먹여서 어찌 키울꼬! 내 팔자야! 하고 나도 모르게 튀어나오는 모진 말들. 뻐꾸기 새끼도 아니고 네 아빠가 은근히 혜리 챙기는 게 내 눈에 턱턱 걸리더라. 밥 안 먹고 애먹이면 내가 빌 줄 알고? 턱도 없다. 도대체 누구 닮아 저리 주둥이가 짧은지 기가 차서! 전생에 내가 무슨 죄를 지었다고 애물단지 처맡기고 짧은 입 비위 맞추라고 하는지, 징그럽다 징그러워! 이런 잔소리가 절로 나오더라. 네 아빠는 월급날이면 제과점 빵과 통닭을 꼭 사 오곤 했는데 혜리가 제일 반겨 방방 뛰었지. 혜리는 몸도 약해 병원을 자주 가서 내가 짜증도 냈지만, 봄가을 한의원 첩약 지어다 먹이고 영양제며 혜리 건강에 신경 써 보살피자 자라면서 차츰 키도 크고 건강해지더라. 혜리 열 살 때, 네 아빠 어이없는 교통사고로 병원에서 돌아가시기 전 나한테 사실을 고백하셨어. 혜리가 당신 딸이 아니라고. 남의 아이라면 내가 안 키울 것 같아 거짓말했다며 혜리를 부탁했어. 나는 아빠가 밖에서 불륜으로 낳은 애라고 가슴에 대못이 박혀 심보가 꼬여 있었거든. 네 아빠는 그 일로 나한테 원망 들으며 살았는데 내가 얼마나 기가 막히던지. 대학 친구 딸이라고. 무슨 연유인지 가족들이 단명해 서른 살을 못 넘긴다고. 그 친구는 독일 간 남자 친구와 헤어지고서야 임신 사실을 알았고. 갑자기 연락이 와 만났더니 병색으로 며칠 전 낳은 아기를 부탁하더래. 보육원이든 입양이든 보내 달라고. 네 아빠로선 어디 보낼 곳을 몰라 아기를 집으로 데려왔고. 아기 맡기고 사라진 그 친구는 그 뒤 산후 탓인지 유전 탓인지 죽었다고 했어. 아빠는 항상 혜리 건강을 많이 걱정했어. 나한테는 혜리가 처음 내 젖을 달게 빨던 그 순간부터 내 딸이었다. 가슴으로 낳은 내 딸이었는데 가끔 어린애에게 화풀이로 모진 말들을 쏟아내었지. 특히 밥 잘 안 먹고 애먹일 때면 저게 누굴 닮았냐고 잔소리했지.

아빠에게서 사실을 듣고부터 혜리를 내 딸로 사랑했다. 옛날 혜리에게 했던 모진 말들은 세월의 뒤안길에 묻어 버렸지. 내가 몇 배로 더 잘해 주면 된다고 생각했거든. 내가 정말 잘못했어. 일찍 혜리한테 솔직하게 엄마가 잘못했다고 용서를 빌어야 했었는데, 애가 그게 가슴에 맺혀 병이 생긴 건 아닌지 내가 미치겠다!

엄마는 가슴에 무거운 맷돌이 얹혀 있다고 슬프게 말했다. 언젠가 혜리가 따졌다고 했다.

"학교에서 혈액형 검사를 했는데 AB형이 나왔단다. 언니에게 물었더니 A형이라 하고 혜나도 A형이라고 하더란다. 언니랑 혜나는 A형인데 나만 왜 AB형이야, 하고 따지더라. 엄마는 무슨 형이냐고 묻기에 난 모른다 했어. 나는 혜리가 열 번 백 번을 물어도 넌 내가 낳았다고. 내가 낳았는데 어쩔 거냐고 혼내었지. 혜리는 그 후론 혈액형 가지고 따지지 않더라. 직장 다닐 때도 결혼하고도 혜리가 너무 잘해 주니까 나는 그만 옛날 일을 다 잊었지. 나는 혜리에게 나쁜 엄마였다!"

나쁜 엄마 눈에선 뜨거운 눈물이 끝도 없이 흘렀다. 아, 혜리는 사춘기를 지나며 얼마나 방황하고 외로웠을까? 내가 언제 동생들 마음을 깊이 헤아려 보았던가. 혜리가 뭐라고 해도 예사로 넘겨 버린 언니였지. 친구들과 어울리고 나만 알고 내 문제로만 끙

끙대며 고민하고, 동생들 일은 무심히 지나 버린 유년기와 사춘기 시절이었다.

"불쌍한 내 새끼가 어디 닮을 게 없어 코빼기도 모르는 부모 선천성 유전병을 물려받았는지. 내가 자다가도 벌떡벌떡 일어난다. 정말 분해 못 살겠다!"

"엄마 진정해. 내일 혜리한테 가 보자. 혜리가 우리 많이 기다리고 있을 거야."

거실에 걸린 커다란 가족사진 액자에 혜리가 햇살처럼 웃고 있다. 아니 우리 가족 모두 치아를 드러내어 웃고 있었다. 나는 혜리 볼을 살짝 꼬집으며 말했다.

"내 동생 혜리야, 너를 사랑해! 우리 내일 갈게. 기다리고 있어, 응!"

✤

"민우야! 엄마랑 누워 있자. 엄마가 재미있는 이야기 해 줄게."

엄마가 또 나를 꼭 끌어안고 꼼짝 못 하게 해요. 나는 싫어요. 억지로 침대 이불 속에 가만히 누워 있어야 하니까요. 엄마는 자꾸 나를 재우려고 해요. 나는 장난감 놀이가 하고 싶은데. 형아 유치원 가고 나면 엄마는 나를 붙잡고 놓아주지 않으려 해요. 우리 형은 유치원 갔으니 얼마나 좋을까요. 나도 어린이집 빨리 가고 싶은데 우리가 이사 왔기 때문에 어린이집 다니려면 좀 기다려야 된대요.

"엄마 갑갑해. 나 살살 놀게."

"너, 또 아래층 아저씨 올라오면 어떡해? 엄마가 동화책 읽어 줄게."

"싫어! 기차놀이 하고 놀 거야. 형 없을 때 많이 해야지."

나는 재빨리 엄마 품을 빠져나와 거실로 나갔어요. 장난감 상자에서 차들을 잔뜩 끄집어냈어요. 형과 나는 자동차를 좋아해 어린이날이나 크리스마스에 선물받거나 사는 게 거의 장난감 자동차예요. 트랙터를 몰기도 하고 바퀴가 여덟 개 달린 커다란 트럭을 달리게 하고, 거실에 기다란 기차 레일을 깔아 기차를 달리게 하고는 기차가 소파 가까이 오면 텔레비전의 악당 잡는 멋진 서부 아저씨처럼 소파에서 홀쩍 뛰어내리거든요. 그런데 요즘 기차놀이를 못 해선지 오늘은 거실 매트에 꽈당 넘어졌어요.

딩동딩동 딩동딩동 현관 벨이 울려요. 아, 또 아래층 아저씨 왔나 봐요. 베란다 청소하던 엄마가 무섭게 나를 노려보면서 어쩔 줄 모르고 서 있어요. 나는 얼른 우리 방으로 도망가 문을 조금만 열고 내다봤어요. 땡동땡동 땡동땡동! 벨 소리가 아주 시끄럽게 울려요. 나는 간이 콩알만 해졌어요. 엄마는 질질 느린 걸음으로 현관으로 나가 문을 열었어요. 아래층 아저씨가 무서운 얼굴을 하고 들어섰어요.

"아침부터 애 좀 못 뛰게 하면 큰일 납니까? 에잇, 시끄러워 잠잘 수가 있나!"

"요즘은 별로 안 뛰는데요. 내가 우리 애 잡고 있다고요!"

"쿵덕 하는 소리가 났는데 안 뛰었다 하면 돼요? 내가 정말 예민하단 말입니다. 하루 이틀도 아니고 정말 스트레스받아 미치겠네. 꼬마야, 이리 나와!"

나는 눈을 부릅뜨고 있는 아저씨가 너무 무서워 살그머니 옷장 문을 열고 들어가 숨어 버렸어요. 들킬까 봐 숨도 참았어요.

"이것 봐요! 나는요, 종일 집에 있는 사람이라 위층에서 나는 소리 다 들린다고요. 처음에는 좋게 관리실에 말했잖아요. 그전 집은 애가 울어 못 살겠더니. 이젠 쿵쿵대고 뛰는 소리에 미치겠단 말이오. 도대체 말해도 마이동풍이니 사람이 살 수가 있나 원! 층간 소음으로 고소를 하든지 해야지. 스트레스받아 돌겠네."

쾅! 현관문 닫는 소리가 천둥소리처럼 너무 크게 울려 나는 깜짝 놀랐어요.

"아휴! 남의 집 현관문 부수겠네. 이젠 고소한다고! 스트레스는 누가 받는데? 아파트에 살아 봐도 저런 인간 첨 보겠네. 사람이 별나도 어느 정도여야지. 애들 걸음을 못 걷게 하잖아! 애들 목욕도 시끄럽다고 하고, 내가 못 살아! 피가 다 마르네. 애 둘을 가지고 저 난리를 치니 여기서 어떻게 살아? 정말 내가 더 못 살겠어!"

엄마는 걸레를 내던지고 한숨을 푹푹 내쉬어요. 엄마 얼굴이 벌게졌어요.

"전에 살던 집에선 애들 걱정 안 하고 잘 지냈는데. 동래 할머니, 할아버지 정말 좋은 분들이셨나 봐."

동래 할머니 할아버지는 형과 내가 엄마 심부름으로 과일이나 맛있는 빵을 갖다드리면 귀엽다고 우리를 안아 주시고 궁둥이도 톡톡 두드려 주셨어요. 할머니는 내가 아기 때부터 우리 집으로 종종 보러 오시며 이뻐하셨대요. 그런데 지금 아래층 아저씨는 너무 무서워요. 아침저녁 담배 연기, 애견, 층간 소음 조심하라는 아파트 관리실 방송이 나올 때마다 엄마는 얼굴을 찡그려 주름이 생겼어요. 저녁이면 퇴근한 아빠가 우리를 데리고 근처 공원으로 나갔어요.

우리 엄마가 하루에도 몇 번씩이나 한숨을 푹푹 내쉬고 힘들다고 아빠에게 하소연하는 일은 한 달 전 우리가 이곳으로 이사 오고부터예요. 아빠 직장이 멀지 않은 이곳 아파트 15층으로 이사하고부터 난리가 났어요. 우리 식구가 많냐고요? 아니에요. 절대 아니에요. 아빠 엄마, 여섯 살 우리 형 준우, 그리고 나 세 살 민우요. 하나 둘 셋 넷, 네 명이라고요. 가족이 네 명밖에 안 되는데 14층 아저씨는 왜 날마다 우리 집 현관문을 두드리며 신경질을 내는지 모르겠어요. 그 아저씨는 집에만 있으니 돈 벌러 회사에 안 가나 봐요. 우리 아빠는 회사에 다녀 돈 벌어서 맛있는 통닭도 사 오고 피자도 주문하고 우리가 좋아하는 파리바게뜨 빵도 사 오는데. 엄마는 새로 층간 소음 방지 매트를 사서 먼저 깐 매트 위에 매트를 한 번 더 깔았어요. 방 거실 복도가 정말 푹

신푹신해서 좋아요.

엄마는 형아 유치원 보내고 나면 내 손을 끌고 아파트 놀이터에서 놀재요. 그러나 놀이터에 노는 아이가 아무도 없는데 무슨 재미가 있겠어요? 점심 먹고 나면 엄마는 동화책 조금 읽어 주고 잠자자고 하면서 침대로 끌고 가 자장자장 노래를 불러요. 잠이 안 오는데 어떻게 자꾸 잠을 자요? 엄마가 먼저 솔솔 잠들어요. 나는 엄마 품을 살그머니 빠져나와 놀아요. 빙문을 살짝 닫고 엄마가 시킨 대로 털 실내화를 신고 발끝으로 정말 살살 걸어요. 나는 거실 소파에서 멀리뛰기가 제일 신나고, 의자 위에 올라 폭신한 매트에 점프하는 게 재미있지만 못 해요. 두 팔을 쫙 벌리고 우우— 하면서 독수리처럼 집 안을 날아다니는 놀이도 못 해요. 그리고 차들을 기다랗게 줄지어 세우고 앵앵 앵앵 소방차 흉내를 내고, 삐용 삐용 경찰차 소리를 내며 차를 힘껏 밀어 속력을 내는 게 얼마나 재미있는데, 엄마가 절대로 못 하게 해요. 집에서 하고 놀 수 있는 게 하나도 없잖아요. 참 옛날에 어린이날 할아버지가 사 주신 멋진 자동차 생각이 나요. 까만 자동차였어요. 형과 내가 서로 타겠다고 얼마나 싸웠는지 몰라요. 코피가 터져도 형한테 달려들었어요. 장난감 선물 중 제일 멋졌거든요. 까만 자동차 운전석에 앉아 핸들을 돌려 자동차가 앞으로 나가면 애들이 얼마나 부러워했는데요. 다른 애가 빨간 스포츠 자동차를 몰고 나와 우리 차와 대결을 했는데 빨간 차도 우리 차도 앞 범퍼가 쭈그러졌어요. 형과 내가 너무 많이 타서 1년도 못 가 우리 차는 망가졌지만요. 우리 자동차 이름이 뭔지 아세요? '달려라 로키'였어요.

"여보, 우리 이사해. 이러고는 도저히 못 살겠어! 이젠 벨 소리만 나도 무섭다니까. 하루 이틀도 아니고 나도 애들도 말라 죽겠어."

"큰일이네. 2년 계약인데 겨우 두 달 살고 이사한다면 들어줄까?"

"집주인한테 사정하고 전세 빼서 나가야지."

"애들 낙서한 벽지도 도배해야 하고. 이제 여름인데 집이 잘 나가려나 걱정이네. 전세가 언제 나갈지 모르니 집 전세 빠지기 전에는 살 집도 못 얻겠어."

"애들 데리고 어디로 가겠어? 건설사들이 층간 소음 분쟁 안 나게 방음을 잘해 지어야지. 뭣보다 아래위층 이웃을 잘 만나야 해. 여보, 우리 주택으로 이사할까?"

"주택이고 아파트고 전세 빠지는 그동안이 문제야. 애들 발 묶어 놓을 수도 없고."

"옆집 아줌마가 그러는데 아래층 남자 이혼하고 혼자 산대. 소문났더라. 싸움닭이라고. 위층 옆집 아래층까지 다 싸운다니까. 모두 못 살겠대. 오늘 오후 민우랑 공원에 놀다 오니, 아래층 남자가 13층 아줌마하고 대판 싸우고 있더라니까."

"손해나도 이사하자. 이러다 무슨 일 터질까 회사서도 걱정이야. 애들 조심시키고 당신도 집 나갈 동안 꾹 참으라고."

아빠와 엄마는 땅이 꺼지게 한숨을 쉬어요. 형과 나는 베개 싸움을 하고 있었는데 그만 내 베개가 종이를 자른 뒤에 손에 쥐고 있던 작은 가위에 걸려 쭉 째졌어요. 흰 오리털이 빠져나와 방이며 거실에 털이 하얗게 날아다니기 시작했어요. 우리는 펄펄 날리는 흰 털을 붙잡으러 뛰었어요. 아빠 화난 목소리가 들릴 때까지.

"야, 이놈들! 가만있지 못해!"

우리는 다시 이사했어요. 힘들게 이사 와 겨우 두 달 살고 이사했어요. 어디로 갔냐고요? 급하게 할아버지 집으로 들어갔어요. 엄마는 아래층 아저씨가 자꾸 올라오니 무서워 못 살겠대요. 나도 겁이 났어요. 꿈에 아저씨가 무서운 마귀가 되어 나타나 형과 나를 한입에 잡아먹으려 했거든요. 할아버지 집은 아빠 자동차로 우리 집에서 가까워요. 엄마는 이삿짐이 안 많아 다행이라고 했어요. 저번 이사 오면서 우리가 뛰놀아 해지고 망가진 소파 책상 의자 등은 버리고 냉장고, 세탁기, 텔레비전, 식탁만 가져왔거든요. 소파와 책상은 튼튼한 가구로 새로 장만하기로 했는데 아래층 아저씨 때문에 그냥 있었어요. 엄마는 우리더러 장난감도 조금만 챙기고 동화책도 몇 권만 가져가재요. 식구들 지금 입을 옷과 우리 자전거, 킥보드 두 개도 실었어요. 이삿짐 차도 부르지 않고 아빠 차로 두 번 실어 날랐어요. 필요하면 가서 가져오면 된다고요. 엄마는 아파트 전세가 나가고 우리 살 집을 구할 동안만 할머니 집에 산다고 했어요. 할머니 집에서 뛰고 하면 큰일 난다고 엄마가 말했어요. 할머니 집 아래층 아저씨가 시끄럽다고 찾아오면 어디 가느냐고 물었더니 노숙해야 한다고요. 노숙이 뭐냐고 하니 거지처럼 길에서 자고 밥 얻어먹는 거라고 해서 너무 놀라 입을 다물었어요. 형은 내 옆구리 쿡 찌르며 째려보아요. 너 나한테 대들기만 해 봐! 하고요.

"아버님 어머님, 애들도 겁내지만, 저도 너무 무서워요. 저이 출근하고 준우 유치원 보내고 나면 민우 때려서라도 껴안고 잠재우는 수밖에 없었어요. 민우 조금만 움직여도 딩동딩동 눌러요. 사람이 어찌나 별난지 주방에서 믹서기도 못 돌리고 도마질도 못하고 가위를 썼어요. 욕실에서 애들 목욕시키기도 어려웠어요."

"쯧쯧 준우야 민우야! 철없는 애들이 얼마나 힘들었을까!"

할머니는 나를 품에 꼭 안았어요. 할머니 품은 따뜻해요. 할아버지 집은 그동안 아빠 엄마 손 잡고 자주 와 봐서 잘 알아요. 명절이나 할아버지 할머니 생신날 왔었거든요. 할아버지 할머니는 우리를 볼 때마다 용돈을 주셨어요. 할아버지가 걱정해요.

"민우 어린이집 자리가 빨리 나야 하는데. 애가 또래들하고 놀

지 못해서 어쩌누? 낮에는 내가 공원 놀이터 데려가마. 민우야,
할아버지하고 놀러 다니자 응."

"준우는 그래도 침착한 편인데 민우가 좀 설치거든요."

"내가 보니 민우는 또래보다 키도 크고 힘이 센 아이야. 저번
설에 나하고 팔씨름할 때 보니 손목 강단이 세더라. 아이 기질을
살려 잘 키워야지. 유념해라."

"이번에는 집을 신경 써서 잘 얻어야겠어요."

큰방은 할아버지 할머니 안방이고 거실 옆 방에 엄마, 형아, 나
셋이서 잤어요. 아빠는 현관 가까운 작은 방에 혼자 자고요. 기
가 죽은 형이 말했어요.

"구민우, 뛰어다니지 말고 뒤꿈치 들고 조심해야 해. 아래층 사
람 올라오면 우리는 이제 갈 데가 없단 말이야."

"그럼 우리 이제 할아버지 집에서 쭉 사는 거야?"

"아니, 엄마가 우리 살던 아파트 전세 나갈 때까지라고 했어."

나는 고개를 끄떡였어요. 그런데 하룻밤 자고 난 아침부터 위
층에서 쿵쿵하는 소리, 쾅쾅 방문 여닫는 소리가 시끄럽게 들렸
어요. 나중에는 청소기 돌리는 소린지 윙윙거리고 후다닥 뛰는
소리까지 났어요. 시계가 아침 7시여요. 식구들이 거실에 다 모
였어요. 엄마 아빠는 할아버지 눈치를 봤어요.

"너희들 우리 집으로 왔다만 잘 지낼지 걱정된다. 우리 위층도

층간 소음 보통이 아닌데 내 손주들 생각에 우리는 열 입을 닫고 살고 있다. 옛날부터 자식 키우는 사람은 막말 못 한다 했거든."

"예? 어머니, 전에는 조용했잖아요? 위층 집주인 바뀌었어요?"

"그래. 이사 온 지 한 달 됐나, 초등학교 4학년 쌍둥이 아들 집이야. 애들이 한창 설칠 때라 별난 건 말도 못 해. 그래도 애들은 애들이라 참겠는데 부부가 잘 싸우더라. 저 집은 뭘 던져 가며 싸우는지 좀 시끄럽다. 맞벌이라 밤늦게 세탁기 돌리고 살림 치우고 하니까. 옆집에서 관리실에 말하니 애 엄마가 애들이 뛰어 봐야 얼마나 뛰냐고, 뭐 그리 시끄럽냐고 하더란다. 매트라도 깔라고 했다던가."

"쌍둥이면 저들끼리 장난 많이 치겠네요."

"그래. 막상 층간 소음 겪어 보니 보통 일이 아니구나. 하여튼 우리는 애들 조심시키며 잘 지내자꾸나. 아래층에 아기 있단다."

"예. 준우 민우 조심시킬게요."

나도 다 들었기에 할머니 집에서 조심하며 놀았지만 내가 깜빡 잊고 소파에서 툭 뛰어내리거나 거실에서 빨리 걷기만 해도 사방에서 꾸중이 날아왔어요.

"구민우, 조심하랬지! 아래층에 아기 있다고. 아기 잠자다 놀라 깨면 어쩔래?"

엄마가 입술을 악물고 눈이 뒤통수로 돌아가게 나를 흘겨보아요.

"아이, 재미없어. 도대체 나는 어디서 놀라는 거야."

어느 날 할머니 방 문갑 위 유리가 깨지고 거울이 내 발차기에 날아갔어요. 엄마가 나를 현관문 밖으로 쫓아내자, 할머니가 엄마를 불러 혼내고 해서 엄마 입이 불룩 튀어나왔어요. 엄마는 요즘 자주 외출해요. 할아버지 할머니에게 나를 맡기고요. 위층은 낮에는 조용하고 아침저녁에 꼭 시끄러워요. 할아버지는 날마다 공원에 나를 데려갔어요. 공원에 어린이 놀이터가 있어 놀기는 좋아요. 미끄럼도 타고 모래로 두꺼비집 짓고 장난도 했어요. 나는 킥보드 타고 운동장 돌며 신나게 놀았어요. 유모차를 탄 아기들이 놀러 나왔어요. 아줌마가 유모차를 밀고 따라오면서 말했어요.

"우리 아기도 쑥쑥 자라 너처럼 킥보드 잘 타고 놀면 참 좋겠다!"

그러나 나는 친구가 없어 재미가 없어요. 다들 어린이집 유치원 가는데 아기들하고 놀 순 없잖아요. 할머니 집에 오면 밥 먹고 피곤해서 일찍 잠잤어요. 아빠는 밤에 우리 아파트에 가서 거실 매트를 걸어 와 할머니 집 거실 카펫 위에 포개 깔았어요.

엄마랑 마트에 갔어요. 나는 엄마랑 마트 갈 때가 제일 신나거든요. 룰루랄라! 마트 쇼핑 카트에 채소, 고기, 라면, 만두, 과일, 두유도 담았어요. 할아버지 할머니도 계시니 많이 샀어요. 나는 시리얼과 과자를 골랐어요. 엄마는 또 빵 가게에 들러 맛있는 빵을 골고루 세 봉지나 담았어요. 사 온 물건들을 할머니 집에 내려놓고 엄마는 내 손을 잡고 계단으로 위층 올라가 인터폰을 눌렀어요. 얼굴도 꼭 닮고 옷도 똑같이 입은 쌍둥이 형들이 현관문을 조금만 열었어요.

"어머나! 잘생긴 형들이네. 아래층 아줌마야. 이거 선물, 빵인데 맛있게 먹으렴. 얘는 세 살 구민우. 형들한테 인사하고 가자. 잘들 놀아."

나는 머리를 꾸벅했어요. 형들이 킥킥 웃었어요. 엄마는 14층으로 갔어요. 할머니 아랫집요. 인터폰을 누르자 예쁜 아줌마가 나왔어요.

"우리 애들 때문에 미안해요. 조심시킬게요. 빵 좀 사 왔는데 받으시면 좋겠어요."

"아니요. 오히려 우리 아기가 요즘 시끄럽게 울어 걱정이어요. 안 이러셔도 되는데. 고맙습니다!"

예쁜 아줌마는 내 손을 꼭 잡아 주었어요. 나는 조금 부끄러웠어요. 엄마는 기분이 좋은가 봐요. 나도 기분이 좋아요.

"아기 엄마가 마음씨도 천사네! 그래도 민우야, 정말 조심해야 한다. 알겠지."

할머니 집 위층의 쿵쿵 뛰는 소리가 조금씩 나아지는 것 같다고 엄마가 말했어요.

오늘부터 나는 어린이집에 가요. 나는 너무너무 기분이 좋아요. 빙빙 하늘을 날 것 같아요. 어린이집 아이들과 친구가 되고 싶어요. 그리고 마음대로 뛰놀고 싶어요. 엄마 손을 잡고 벽에 꽃과 나비, 새들이 멋지게 그려진 어린이집에 갔어요. 아이들이 전부 나를 쳐다보아요. 나는 좀 부끄러워도 고개를 들고 이쪽저쪽을 둘러봤어요. 나는 장미 반에 들어갔어요. 장미 반 친구는 다섯 명인데 나는 다 친해지고 싶어요. 나는 혜지가 너무 좋아요. 그냥 좋아요. 웃는 얼굴도 예쁘고 조그만 하얀 손도 아기 손 같아요. 혜지는 어린이집에서 간식도 밥도 조금밖에 안 먹어요. 내가 먹는 절반도 안 먹거든요. 내가 맛있는 초콜릿 주어도 나중에 먹는다며 가방에 넣어 두어요. 우리는 쉬는 시간이며 놀이동산에서 노는데 내가 젤 잘 놀아요. 나는 미끄럼틀도 잘 타고, 트램펄린 위 텀블링 놀이도 너무너무 재미있어요.

나는 놀이 시간이면 정말 신났어요. 그날도 내가 개구리 미끄럼틀을 열 번도 더 신나게 타고 있는데 혜지가 부러운지 나도 미끄럼 탈래, 하며 미끄럼 위로 조심조심 올라왔어요. 나는 손뼉을 쳤어요. 그런데 혜지가 미끄럼 위에서 다리를 뻗치고 앉아서 꼼짝을 안 하고 가만히 있어요. 뒤에 올라온 준서가 야, 빨리 내려가! 하고 발을 구르며 자꾸 재촉했어요. 나는 준서에게 야, 좀 기다려, 말하고 혜지에게 혜지야 괜찮아 내려가면 돼, 하고 혜지 등을 살짝 밀었어요. 나는 정말 살짝 밀었는데 혜지가 잡고 있던 손과 다리를 들고 비명을 질렀어요. 혜지는 주르르 미끄럼틀을 내려가 모래에 처박혔어요. 내가 준서를 제치고 재빨리 내려가 혜지를 안아 일으키니 얼굴은 모래투성이고 왼 손목이 아프다고 비명을 질렀어요. 선생님이 놀라 뛰어나오시고 원장님도 달려오시고 애들도 다 모였어요. 준서가 큰 소리로 일렀어요.

"선생님, 민우가 그랬어요. 혜지 밀었어요!"

갑자기 난리가 났어요. 119 차가 오고 혜지 엄마가 달려왔어요. 혜지와 혜지 엄마 그리고 우리 선생님이 119 차를 타고 병원으로 갔어요. 나는 너무 무서워 엉엉 울었어요. 우리 엄마가 헐떡이며 어린이집에 달려왔어요. 엄마는 원장님과 잠깐 이야기하고 나를 데리고 혜지가 간 병원으로 택시를 타고 갔어요. 혜지는 왼 손목에 붕대를 감았어요. 엄마는 혜지에게, 혜지 엄마께, 선생님께도 자꾸 잘못했다고 사과했어요. 나는 준서가 재촉해 혜지를 내려가라고 살짝밖에 밀지 않았는데. 혜지가 왜 다쳤는지 모르겠어요. 엄마는 내 등을 아프게 탁탁 때렸어요.

"어쩌면 좋아, 민우야? 친구들과 잘 놀지, 왜 말썽을 부리니?"

"엄마, 나 혜지 다치게 안 했어."

"민우야! 혜지 다쳤는데 다치게 안 했다니? 혜지한테 미안하다고 사과해야지."

엄마와 아빠가 크게 싸웠어요. 할머니가 말리고 게셔요.

"옛날부터 애들은 형제끼리도 때리고 맞고 싸우며 자란다. 그 애가 손목만 조금 삐었다니 그나마 다행이구나."

할아버지는 혀를 차며, 울고 있는 나를 꼭 보듬어 주셔요.

"민우 태권도 도장 보내는 거 생각들 해 봐라."

나는 저녁도 먹지 않고 이불을 머리끝까지 덮어쓰고 억지로 잠들려고 눈을 꽉 감았어요. 그래도 눈물이 나요. 니는 착한 어린이가 되고 싶은데 왜 혜지를 다치게 했는지 모르겠어요. 혜지가 정말 걱정되어요. 혜지 빨리 낫게 해 달라고 처음으로 하느님께 빌었어요. 나는 어린이집에 못 가게 되었어요. 원장님이 못 오게 했대요. 나는 혜지가 보고 싶어 엄마 몰래 어린이집을 찾아갔는데 혜지가 왼 손목에 하얀 붕대를 감고 어깨에 끈이 달린 보자기 같은 데 팔을 넣고 놀고 있어 너무 놀라 도망치고 말았어요. 나는 자꾸 눈물이 나요.

"혜지야, 미안해. 정말 미안해! 내가 잘못했어."

아빠는 퇴근해서 우리 살던 아파트에 가서 옷들을 가져왔어요. 엄마는 그 집에 가기도 싫대요. 엄마는 전세가 안 나가 애물단지라 했어요. 엄마랑 마트에 갔어요. 룰루랄라! 마트 쇼핑 카트에 채소, 고기, 라면, 만두, 과일도 담았어요. 나는 잼과 우유, 과자를 골라 샀어요. 엄마는 또 빵 가게에 들러 맛있는 빵을 골고루 세 봉지 담았어요. 할머니 집에 바로 가지 않고 14층에 내렸어요. 할머니 아랫집요. 인터폰을 누르자 예쁜 아줌마가 나왔어요.

"우리 애들 때문에 미안해요. 빵 좀 사 왔는데 받으시면 좋겠어요."

"아니요. 오히려 우리 아기가 요즘 밤에 시끄럽게 울어 걱정인데요. 정말 안 이러셔도 되는데. 고맙습니다!"

아줌마는 내 손을 잡아 주었어요. 엄마는 기분이 좋은가 봐요. 나도 기분이 좋아요.

"아기 엄마 마음씨도 예쁘네! 그래도 민우야, 정말 조심해야 한다. 알겠지."

오후에 16층 올라가 빵 봉지를 주자 쌍둥이 형들이 고맙습니다, 하고 인사했어요.

저녁때 아래층 예쁜 아줌마가 오렌지 한 봉지를 가져와 주고 갔어요. 우리는 둘러앉아 오렌지를 맛나게 먹었어요.

엄마는 나를 다시 어린이집에 보내려고 여기저기 전화하고 그래요.

"너만 한 애 누가 집에 있냐? 미술 학원이라도 보내야지. 내가 미치겠어."

치! 태권도 보내 주면 좋을 텐데. 할머니께 맡겨 놓고 엄마는 맨날 돌아다니고 민우 조금밖에 안 보면서 뭘.

엄마가 여기저기 전화하고 알아보고 해서 나는 다시 어린이집에 다니게 됐어요. 나는 요즘 너무 신나고 즐거워요. 어린이집에서 친구들과 같이 먹는 간식도 점심도 맛있거든요. 아마 내가 젤 잘 먹을 거예요. 이젠 애들과 친해졌어요. 선생님 말씀도 잘 듣고요. 우리 토끼 반 선생님이 나를 씩씩하다고 하셨어요. 종이접기 놀이를 하고 쉬는 시간이어요. 겨우 친해진 영지와 기린 시소를 재미있게 타고 있는데 주노가 나타났어요. 입을 쏙 내밀고 골따지가 난 얼굴이어요.

"비켜! 내가 탈 거야. 영지는 내 짝지야."

"나도 영지 친구거든. 조금만 더 타고 내릴게."

주노가 다가와 시소 타는 내 팔을 확 잡아당겼어요. 나는 넘어지지 않으려고 애쓰다 옆으로 넘어가면서 내 오른팔이 주노의 얼굴에 부딪혔나 봐요. 나는 넘어진 모래밭에서 벌떡 일어나 너무 화가 나 주노에게 따지려고 다가가니 주노 코에서 빨간 콧물이 나오기 시작했어요. 저게 뭐야? 난 영문을 모르겠어요. 때리지도 않았는데.

앗, 피다! 애들이 숨넘어가게 고함을 질러요.

"선생님, 주노 코에서 피가 나요."

주노가 갑자기 엉엉 울면서 고함을 질렀어요.

"민우가 나 때렸어! 그래서 피가 나!"

"선생님! 선생님! 주노 코에서 피 나요! 민우가 때렸대요!"

아이들이 선생님을 부르며 뛰어갔어요. 도무지 영문을 모르겠어요. 왜 주노 코에서 피가 나는지. 나는 너무 무서워 달아나기 시작했어요. 시소를 지나 빨강 노랑 꽃이 많이 핀 화단을 지나며 봐도 어디 숨을 곳이 없어요. 마침 택배차가 와서 열려 있는 문으로 나와 도망쳤어요. 또 선생님이, 원장님이 어린이집에 못 오게 할 거여요. 선생님도 나를 나쁜 아이라고 할 거여요. 민우는 나쁜 아이라고요. 전에도 어린이집에서 친구 팔을 다치게 했다고요. 나는 엄마한테 야단맞고 머리를 쥐어박히고 아빠는 나를 때릴지 몰라요. 나쁜 아이라고요. 할아버지 할머니도 꾸중할 거예요. 나는 너무 무서워 가슴이 쿵쾅거려요. 눈물이 자꾸 나요. 나는 또 어린이집도 못 가고 친구도 없이 집에만 있겠지요. 나는 친구들이 너무 좋은데, 친구들과 잘 놀고 싶은데 어쩌면 좋아요? 나는 너무 슬퍼 눈물이 펑펑 나요. 신발에 뭐가 걸려 보니까 돌멩이에요. 너무 화가 나 팍 찼더니 하필 앞에 오는 큰 형 다리에 맞았어요.

"야, 꼬마야. 이리 와! 내가 너 버릇 고쳐 줄게."

큰 형은 내 머리에 꿀밤을 아주 세게 세 대나 먹였어요. 나는 그만 왕왕 울었어요. 나는 정말 나쁜 아이인가 봐요. 나는 할아버지 집에 못 가겠어요. 할아버지 할머니, 엄마 아빠, 모두 꾸중

할 거예요. 나는 갈 데가 없어 할아버지와 놀러 갔던 공원에 가서 날이 어두워져도 미끄럼틀 위에 앉아 있었어요.

"민우야! 민우야! 우리 민우 여기 있니?"

할아버지, 할머니, 엄마, 형이 내 이름을 불러요. 나는 그만 엉엉 울어 버렸어요.

엄마가 우리 또 이사 간대요. 할머니 집에서 가까운 곳이래요. 아래층 아저씨가 자꾸 벨 누르고 찾아오던 그 집, 전세가 나갔다고요. 우리가 할머니 집에 들어온 지 두 달이 넘었다고 엄마가 말해요.

"엄마, 이사 가면 민우 살살 걸을게."

엄마가 나를 꼭 끌어안았어요.

"우리 민우 이제 다 컸네. 민우야, 이사 갈 집은 필로티 아파트니까 맘대로 놀아도 돼. 가구들도 안 살 거야. 너희들 자랄 때까지."

"엄마, 필로티 아파트가 뭐야? 왜 맘대로 놀라고 해?"

"응, 1층이 비어 있는 아파트야. 2층부터 살아요. 우리가 그 2층 아파트 사서 이사 간단다. 너희들 다 자랄 때까지 아래층 없는 2층에서 맘 놓고 살려고 은행 도움받아 그 집을 샀거든. 이제 힘든 이사 안 해도 되고, 민우 낮에 억지로 재우지 않아도 되니 엄마는 너무너무 좋단다."

나만 보면 신경질만 팍팍 내던 엄마가 오랜만에 활짝 웃었어요. 우리 엄마 얼굴이 너무 예뻐요. 이사 가는 아파트 단지에 내가 다닐 어린이집도 있대요. 나는 기분이 좋아 손뼉을 짝짝 쳤어요. 그런데 나는 지금 태권도 도장 재미있게 다니고 있는데 어쩌면 좋아요? 어린이집도 가고 태권도 도장도 그대로 다녔으면 좋겠어요. 엄마가 형아 오면 집 구경 가자고 했어요. 이젠 정말 친구들과 사이좋게 잘 놀고 싶어요. 할머니가 어디 가든 친구들 살펴보며 조금 천천히 놀라고 했어요. 친구가 없으면 정말 심심하거든요. 아파트에 어린이 놀이터가 있어도 다들 어린이집, 유치원, 학원 가고 혼자 노는 아이는 없거든요. 나는 지금 우리 형아 오기만을 기다리고 있어요. 빨리 자랑하려고요. 오후, 기다리던 우리 형이 유치원에서 돌아왔어요.

"형아, 우리 필로티 아파트로 이사 간대! 어린이집도 있고 작은 도서관도 있대!"

"정말이야? 야호! 이젠 맘 놓고 걸어도 되고 장난감 놀이해도 괜찮겠네. 꿈같아!"

"난 기차놀이 할 거야!"

우리는 힘껏 부둥켜안고 살살 뛰었어요. 할아버지 할머니가 옆에서 웃고 계셨어요.

우리 엄마도 기분이 좋은지 활짝 웃고 있어요.

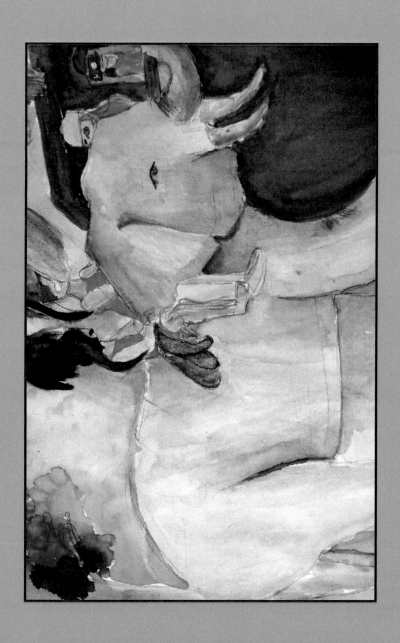

＋

　걸어도 걸어도 가는 길이 끝이 없을 것 같았다.

　봉정암 오르는 길이 멀다는 건 얘기 들어 익히 알고 왔지만. 사람들이 한눈 한 번 안 팔고 부지런히 걷기만 했다. 초입에는 일반 도로라 걷기가 좋아 속력을 내었다. 앞에도 뒤에도 등산복 차림의 사람들이 부지런히 걷고 있어 서지수는 초행길에 혼자 왔어도 마음이 놓였다. 그러나 연인, 또는 부부, 친구들과 나란히 가는 일행들이 부럽기도 했다. 사람들 발길에 많이 다져진 반들반들한 흙길도 걷고 자갈길도 걸었다. 점차 오르막과 내리막이 나타나기 시작했다. 길 가운데를 떡하니 가로막은 커다란 바위도 있었다. 백담사 주차장에 닿아 차를 주차하고 버스를 타고 봉정암 주차장에 내려 봉정암을 향해 걷기 시작한 게 아침 9시다. 한 번도 머뭇대지 않고 걸었다. 앞선 사람들이 빠른 걸음새라 뒤따라 부지

런히 걸었다. 영시암을 지났다. 진초록 잎새를 늘어뜨린 나무들이 눈길을 잡고 산비탈 곳곳에 우람한 소나무들이 가지를 뻗고 있었다. 6월의 청정 설악은 사방이 절경이었다. 그녀는 비염이 있어 늘 찜찜하던 코 속이 탁 트인 듯 상쾌하고 숨을 쉬는지 안 쉬는지 모를 정도였다. 눈앞의 빼어난 경치에 사진을 찍고 나니 어느새 앞서가던 사람이 보이지 않았다. 어머! 사진은 내려올 때 찍기로 했다. 계곡물이 철철 소리 내며 흘러가는데 물속 잔돌 하나까지 훤히 보였다. 점점 길이 험준해져 벌겋게 녹슨 철 계단을 오르고 딱딱한 나무 계단을 오르내렸다. 흔들거리는 좁은 나무다리를 건널 때는 밧줄을 꽉 잡았다. 딱딱하게 굳어진 고무 타이어 길도 많았다. 가풀막 오르막 내리막에서 다칠까 저절로 주의하게 되었다. 힘든 길을 스틱이 받쳐 주었다. 지수는 한발 앞서 혼자 가는 여자와 재빨리 걸음을 같이했다.

"저기, 혼자서요? 같이 걸어도 될까요?"

"일행이 없어요? 혼자 걸으니 심심하지요?"

"예. 다들 어찌나 잘 걷는지. 따라 걸어도 뒤처지는데요."

"늦어도 오늘 봉정암 도착하겠거니 맘먹으면 마음이 편해요."

중년으로 보이는 여자는 혈색이 올라 발그레한 얼굴빛이 아름다워 보였다. 녹색과 흰색이 섞인 등산복에 녹색 등산모를 쓰고 있었다. 목에 두른 하늘색 스카프가 산뜻하게 보였다. 스틱은 아직 안 짚는지 등에 멘 배낭에 달려 있었다.

"저기요, 주차장 다 와 가나요?"

산길을 내려오는 피곤한 기색의 여자가 물었다.

"네. 다 와 갑니다. 일찍 내려왔네요?"

"봉정암서 새벽에 길 떠났어요. 고마워요!"

그들은 다시 기운을 내어 걸음을 빨리했다.

"저기, 주차장 멀었는데 왜 다 와 간다고 대답하는지요?"

"산에선 그래요. 다 올랐냐 물으면 거의 다 올랐다 하고, 주차
장 물으면 다 왔다고 희망을 주는 거지요. 선의의 거짓말."

그녀는 빙그레 웃었다. 수렴대피소가 나타났다. 대피소 앞에
다리를 펴고 쉬는 일행도 있었다. 그녀들은 앉지 않고 걸음을 잠
시 멈추었는데 큰 소리가 들렸다.

"저기요. 봉정암이죠. 우리 다섯 명 숙소 예약했는데 한 친구
가 숨이 가빠 꼼짝을 못해요. 두고 갈 수도 없고. 예, 통영, 김선
숙 예약 취소합니다. 미안합니다."

전화한 여자가 저쪽 매트에 누워 있는 여자에게 갔다. 일행들
얼굴이 근심에 젖어 있다. 사람들이 수군거렸다. 저래선 올라가
지도 내려가지도 못해. 대피소에 구조 요청해야지. 여기까지 와
서 쓰러져 다행이네. 깊은 산속 중간에 가다 그랬으면 어쩌겠냐.

여자가 배낭에서 오이를 꺼내 한 개 주었다. 오이가 아삭아삭

맛있었다.

"감사합니다. 커피 드실래요?"

"내게 줄 커피가 있어요? 하도 먼 길이라 짐을 다 줄이고 오니까."

지수는 하루에 커피 몇 잔은 기본인지라 팀블러에 넣어 왔다. 종이컵에 따른 따뜻한 커피 한잔에 피로가 확 풀리는 느낌이 들었다. 그들은 다시 걷기 시작했다.

"봉정암 올라가다 아픈 사람은 어떡해요?"

"전에 한번 봤는데 대피소서 환자 상태를 보고 위중한 환자는 헬리콥터 불러 이송합디다. 높고 험한 길이라 사고도 더러 나더라고요."

급경사 길, 가풀막 철 계단, 외나무다리 건너 뻣뻣해진 고무 길을 걸었다. 계곡 그득한 물에 절벽의 청청한 나무들과 흰 구름, 푸른 하늘까지 그대로 물 위에 반영되어 너무도 아름다웠다. 오, 데칼코마니! 물빛에 태고의 숨결이 들어 있었다. 재빨리 데칼코마니 사진을 찍었다. 계곡을 따라 오르니 폭포도 있고 크고 작은 소도 나타났다. 지수는 선글라스를 쓰지 않았다. 계곡이 너무 아름답고 산길이 위험해서다. 실버 색 등산복에 흰 등산 모자 차림이다.

"그쪽 배낭이 무거워 보이는데?"

"추울까 봐 가벼운 따뜻한 옷 넣었어요. 아주머니는 뭐 가져오세요?"

"워낙 높은 산길이니 무거운 짐은 엄두도 못 내고, 공양 쌀 조금하고 미역, 김, 다시마 같은 가벼운 짐 넣었어요. 두 끼는 공양하니 나 먹는 거라도 갖고 가는 거지요."

"나도 미역 두 단하고 김 두 톳, 과자 조금 샀어요."

"나는 세 번째 봉정암 길인데 전보다 오르기 힘이 드네요."

"세 번이나요? 나는 다음은 엄두도 안 날 것 같은데요."

"살다 보면 봉정암 잊고 지내다, 어느 날 문득 생각나 찾아오게 되어요."

"걸음 처질까 봐 사진도 못 찍고 가는데, 다들 어찌 그리 빨리 걷는지요?"

계단길이 점점 가팔라져 숨을 헐떡이며 걸어도 힘들었다. 커다란 바위들이 길을 막았다. 대관절 이런 큰 바위는 어디서 굴러온 것일까? 스틱을 손목에 걸고 길을 막은 커다란 바위를 껴안고 조심조심 비켜갔다. 층층 쌓은 돌계단도 오르고 검붉게 녹이 슨 높다란 철 계단을 삐걱삐걱 올라 좁은 흔들다리도 건넜다. 지수는 설악 사진을 포기했다. 높은 계단이나 흔들리는 다리에서 한눈 팔면 위험해 보였다. 아담한 호수로 사람들이 내려갔다. 그들도 조심스레 언덕을 내려가 물가에 앉았다. 여자는 김밥을 꺼내고 깎은 과일도 내었다. 지수도 김밥과 샌드위치를 꺼내었다. 시장해서 꿀맛이었다. 아침 겸 점심이다. 주위에서 물에 발을 담가 그들도 등산화를 벗고 수정 같은 계곡물에 두 발을 담갔다. 2분만 담가요. 고생한 발이 시원했다. 여자가 자기는 대구 살며 마흔아홉 살이며 두 딸의 엄마 김영주라고 했다. 지수도 서른넷 결혼 1년 차라고 밝혔다. 그들은 텀블러 마지막 커피를 나누어 마시고 수건으로 발을 닦고 양말을 신고 홀홀 일어났다. 배가 부르니 기운이 났다. 아, 상쾌해! 지수는 스틱을 손에 쥐고 힘차게 다시 걷기 시작했다.

서지수는 회사에 구조조정 신청을 했다. 회사에서 갑자기 각부서 별로 1차 구조조정을 신청받았다. 6개월 동안 본봉의 70퍼센트를 지급하고 회사가 좋아지면 1순위 복직 대상이라고 했다. 그러나 6개월 후 꼭 복직된다는 보장은 없을 것이다. 구조조정 신청하겠다는 말에 부장은 놀라 만류했다. 그녀의 고민은 엄밀히 똑소리 나게 일하는 회사 때문이 아니고, 자기 자신을 돌아보는 시간이 필요하고 개인적인 결단이 필요했다. 지수가 남편에게 1차로 구조조정 당했다고 덤덤하게 말하자 남편은 뒤통수를 얻어맞은 듯 어이없다는 표정이 되었다.

"이참에 우리 문제 생각해 보려고. 당신도 차분히 생각을 해 봐."

"우리 잘 살고 있잖아. 당신이 구조조정당했다고? 믿어지지 않네."

"우리 잘 살고 있다고?"

우리 잘 살고 있다고, 우리가 아니라 당신이 잘 살고 있겠지. 잘 살고 있다는 말을 예사로 앞세우는 그의 의중을 지수는 이해가 되지 않았다. 부부가 맞벌이하며 큰소리 없이 살고 있으니 누가 봐도 잘 사는 것처럼 보이겠지. 주위에선 부러워도 하지. 빛 좋은 개살구? 남편은 도대체 왜 결혼했는지 모르겠다. 그러려면 결혼 전처럼 캥거루족으로 부모님 집에 눌러살든지 아예 독신으로 살지. 결혼 1년. 남편의 허세를 보았다. 사랑하면 눈에 콩깍지가 쓴다더니 내가 사람을 잘못 보았나. 아니면 내 생각이 잘못되었나? 사람마다 생각이 다르고 철학이 다르고 인생관이 다를 수는 있어. 그래도 삶의 기본은 비슷하지 않을까? 직장에서든 가정에서든 기본적인 의무는 해야 하지 않을까. 일하다 실수하는 것과 아예 일할 생각도 없는 것은 다르지.

대학 친구의 소개팅으로 만난 남자 백선후. 그는 준수한 외모와 180센티를 넘는 키에 알맞은 근육질의 남자였다. IT 회사에 근무하는 회사원으로 연봉도 적지 않고 1년 교제 기간에 서로 사랑하게 되었다. 그는 그녀의 생일에 고가의 명품 가방을 선물해 그녀를 감동하게 했다. 물론 지수도 그의 생일에 브랜드 바바리코트를 선물했다. 그들은 여행을 다니고 영화를 즐기며 맛집을 찾아가고, 가끔은 연극도 관람하며 소위 친구들이 질투하는 연애를 했다. 지수는 여학교 때 음악 선생님을 짝사랑한 이후 서른도 넘어 찾아온 첫사랑이었기에 진실로 소중한 사랑이었다.

남자 집에서는 아들의 결혼에 별로 관심 없었다. 그러나 그녀에게는 나이를 들먹이며 결혼을 재촉하는 부모님 성화도 있었지만, 지방의 집을 떠나 10여 년 혼자 산 서울살이에 때론 막막한 외로움과 밤늦게 귀가할 때 언론에 보도되는 흉흉한 세상의 두려움도 한몫했다. 그리고 그 남자를 사랑하다 보니 친구들처럼 행복한 스위트 홈을 꿈꾸게 되었다. 영원한 내 편인 그가 좋았고, 든든한 울타리가 되어 줄 미더운 내 남자를 사랑해 결혼했다. 달콤한 신혼의 시간이 흘렀다. 그들은 상대를 배려하며 더욱 사랑했다. 지수는 바쁜 시간을 내어 시장을 봐 남편을 위해 주방에서 성의껏 요리하는 시간이 정말 행복했다. 인터넷 레시피 따라 손이 많이 가는 특별식도 곧잘 만들었다. 남편은 밖에서 사먹으면 될 걸 힘들게 한다고 타박을 했지만. 고상 난 전기선을 찾아 고치고 결혼사진, 아끼는 미술품 자리 걸고 컴퓨터, 텔레비전, 가구 위치를 둘이 맞들어 옮길 때 역시 남자야! 하고 고마워했다. 그런데 남편은 결혼하고 생활비를 한 푼도 내놓지 않았다. 처음에는 결혼으로 이리저리 쓴 비용 때문이려니 하고 기다렸다. 그렇게 반년이 지나자 인내에 한계가 왔고, 도대체 남편의 속마음을 알 수 없었다. 늦게 일어난 일요일 따끈한 빵과 커피를 마시며 대화를 꺼냈다. 남편은 놀란 듯 마시던 커피잔을 탁자에 내려놓았다.

"나 당분간 낼 돈 없어. 기대하지 마. 당신 잘 벌잖아."

지수는 자신의 귀를 의심했다. 내가 잘못 들었나? 왜? 왜?

"은행 대출금 이자에 우리 집 생활비, 경조사비, 헬스비, 나 잡비도 빠듯하다고. 이해할 거지?"

"이해? 언제까지? 대출금 이자라니, 무슨 대출금?"

"이 아파트 전세금 1억 냈잖아."

"뭐? 1억이 전부 대출이라고? 당신 번 돈하고 집에서 조금 도와주신 걸로 알았는데, 아니야? 결혼할 때 대출 말은 없었잖아."

"야, 보면 알지, 월급쟁이가 1억이 어디냐? 자기가 전세금 반반 내자고 졸랐잖아."

아, 남편한테 속은 기분이 들었다. 결혼 당시, 지수는 신혼집 전세금으로 10여 년 직장 생활로 저축해 둔 1억 원을 내놓았고, 백선후는 미적미적거리다 전세금 1억을 내놓았다. 서울에는 2억짜리 전세 아파트가 없었다. 남자는 월세 달린 집을 구하라고 했지만, 지수는 우리는 맞벌이 수입이 있으니 전세 대출을 받아 다달이 원리금 갚아 나가면 대출금이 우리 돈이 된다고 설득하니 맘대로 하라고 해서, 지수 자신의 이름으로 거래 은행에서 1억을 대출받아 연식 오래된 복도식 작은 전세 아파트를 3억에 구해서 신혼살림을 차렸는데, 결국 은행 대출금이 2억이라니 지수는 망치로 머리를 얻어맞은 듯 황당했다. 당시 시댁에선 무리한 혼수비를 요구하지 않았던가. 엄마가 결혼 때 혼수에 섭섭하면 앙금이 오래 간다고 해서 그녀는 살던 빌라 전세금 받아 혼수비 5000만 원을 드렸다. 예식비며 신혼여행은 집에서 도와주셨지만, 신혼살림 가전제품 등 신부 측 비용이 만만치 않았다. 그녀는 결혼 전 사용하던, 원래는 버리려던 그릇 등 소소한 물건들을 챙겨오기까지 했다. 생활비도 그렇다. 은행 대출금, 아파트 관리비, 자동차 유지비, 생활비, 외식비, 세탁비, 식비, 간식비 등 혼자 살 때보다 지출이 두 배도 더 늘었는데 생활비 낼 돈이 없다니. 그럼 소득이 있는 남편을 아내가 부양하란 말인가? 언제까지 기한도 없이 말인가. 남편은 기본적인 보험도 든 게 없었다. 주택 청약 통장도 없었다. 자신이 집에서 밥 몇 끼나 먹느냐고 떠벌릴 때는 어이가 없어 애라면 머리를 쥐어박아 주고 싶었다. 남편은 아이를 원치 않았다. 처음부터 피임했는데 신혼을 즐기고 아이를 갖자고 해 그의 진심을 몰랐다. 그러나 남편은 아내가 아기를 낳으며 직장을 못 나가거나 휴직할 게 겁나고 아이의 양육으로 자신이 힘들어질 것이 두려웠던 것이다. 그는 한 달에 몇 번 골프 라운딩을 나가기도 했다.

"운동하고, 먹고 싶은 음식 먹고, 인생을 즐기며 행복하게 살면 되는 거지. 천만년 사는 것도 아닌데 뭐 하러 아등바등 살 거야. 바보같이."

참 하루하루를 즐겁게도 사십니다! 아무런 계획도 없이 단순한 삶을 즐기는 남자가 내 남편인가? 남편은 결혼 전처럼 부모님 생활비를 책임지는 듯했다. 시댁에 들를 때면 여간해선 집에서 식사는 않았는데 일반 음식점은 가지 않았다. 형님네는 조카 둘 있으니 여덟 식구가 고깃집서 식사하고 카페 찾아 커피 마시는 게 순서인데, 누구도 식사비나 찻값을 내지 않았다. 형님은 삼촌만 찾았다. 그리고 시부모님 살고 계신 빌라가 당신들 집이 아닌 반전세라는 사실도 이제 알았다. 부모님은 병원 갈 때마다 아들을 호출했다. 시할아버지는 부자였는데 평생 백수로 지낸 시아버지가 물려받은 유산을 다 털어먹었다고 했다. 지수는 문득 '썩어도 준치'라는 말이 떠올랐다.

"지수 씨는 어쩌고 싶은데?"

"훤칠하게 잘생기고 말 잘하는 남자하고 1년 넘게 얼굴 보고 살았는데, 삶의 보람도 희망도 안 보여요. 꼭 하루살이 인생 같아요!"

"내가 살아 보니 아무도 내 인생 책임 안 지더라. 내 삶은 내가 주인공이지."

산길 오름이 더 가파르고 험준해지기 시작했다. 내딛는 발걸음이 삐끗거렸다. 별로 넣은 것 없는 배낭이 자꾸 무거워졌다. 지수는 문득 자신의 삶도 지금 산길 오름처럼 점점 힘들어지는 게 아닐까 싶어 머리가 아득해졌다.

김영주, 그녀가 핸드폰 전화를 받았다.

"나 지금 바빠. 전화도 잘 안 들리고. 내일 전화해. …야! 지금 내가 멀리 와 갈 수도 없는데 뭘 어쩌라고? 됐어."

불끈 치미는 화를 삭이는 눈치다. 그녀는 논밭 하나 없는 시골 구석 5남매 맏이였다. 막내가 외동아들 남동생이다. 아버지는 젊어서부터 남의 논 부치는 소작농이었다. 부산서 두 시간 거리 산골 시골집에 평생을 손에 흙 묻혀 일하다, 기관지로 골골거리던 아버지가 지지난해 돌아가시고 지금은 늙은 엄마 혼자 사신다. 그녀는 겨우 중학교 졸업하고 부산에 내려와 직업전선에 뛰어들었다. 공장에 다니며 최소한의 생활비를 제하고는 고스란히 부모님께 드렸으나 가뭄 날 가랑비였다. 설, 8월 명절이며 큰딸 큰언니만 기다리는 식구들 옷가지나 양말이라도 사 들고 가야 했다. 동생들이 자라자 산골 집을 떠나 차례로 부산으로 내려와 언니 자취방 식구가 늘어났다. 그녀는 정말 버거운 소녀 가장이 되었다. 부모님은 친척이나 동네 사람들에게 침이 마르게 큰딸 자랑을 했다. 집에서 동네서 칭찬받는 몸이라 더욱 동생들을 잘 거두어야 했다. 여동생 셋을 고등학교까지 보내느라 그녀는 구두 한 번을 못 신었고 예쁜 옷 한 벌 사 입지 못했다. 그녀는 생활고에 공장을 나와 옷 가게 점원도 했고 화장품 방문판매도 했다. 그러다 지인의 권유로 보험회사에 들어갔다. 말 그대로 먹고살기 위해 남보다 열심히 뛰었더니 보험판매원으로 실적을 나타내었다. 한창때는 보험 여왕에도 올랐다. 지금은 유통업 판매팀장으로 일하고 있다.

엊저녁에 수진이 전화가 왔다.

"언니, 엄마가 내일 대학 병원 가는 날이라네. 왜 언니가 엄마 안 데려가?"

"내일 일이 있어 못 가. 네가 엄마 모셔 가렴."

"대학 병원 언니가 처음부터 갔었잖아. 나는 한 번도 안 가서 잘 모른단 말이야."

"한 번도 안 갔으니 가면 되잖아. 나 지금 바빠."

그녀는 정말 바빠서 핸드폰 전화를 끊었다. 퇴근해 식구들 내일 식사까지 대강 챙기고, 새벽에 먼 길 떠날 배낭이며 짐 꾸리기 바빴다. 또 전화가 왔다.

"오늘 눈이 빠지게 기다리다 전화한다. 얘들이 어디 너처럼 하냐. 내가 준비하고 있을 테니 차 태워 병원 같이 가자. 요새 눈이 낍낍해진다."

"엄마, 나 내일 꼭 볼 일 있어. 수진이하고 같이 가."

"눈 수술하고 이젠 한 달에 한 번 가는데 그것도 못 데리고 가냐? 어미 섭섭하게."

엄마는 아프면 큰딸부터 찾아 난리다. 아버지 돌아가시고 부쩍 더 심하다. 못내 섭섭해하던 엄마 목소리가 아직 귀에 남아 있다. 그녀는 이제까지 편안히 쉬어 본 적이 없었다. 닥치는 대로 일했다. 친정, 시가, 돈 쓸 일이 많으니 벌어야 했다.

얼마 전에 엄마가 보험금을 찾았다. 10년 납부에 20년 만기 생명 저축보험이었다. 70세 만기 전에 사망하면 5000만, 만기 생존 시 2000만 원 지급되었다.

"내가 보험회사 다닐 때 넣은 보험으로 다달이 보험금은 내가다 냈거든. 사실 엄마는 1년치도 안 냈어. 엄마 용돈 더 드린다생각하고, 혹여 갑자기 큰일 당하면 어쩌나 걱정에 넣었지. 다달이 나간 돈이 많아 힘들어도 꾸준히 넣었시. 지난봄에 보험금을 찾았어, 2000만 원. 엄마가 나한테 50만 원 주더라. 우리 엄마 당신은 기름보일러 고쳐야 한다며 150만 원 속주머니에 넣고는 1800만 원은 봉투째 막내아들 다 주더라. 내가 얼마나 섭섭했는지 몰라."

그녀는 한 달에 두세 번은 시골집에 갔다. 휴지, 식용유, 고무 장갑 등 생필품과 생선, 국거리, 찬거리, 간식을 자동차 트렁크 가득 싣고 갔다. 30여 년을 갖다 나르니 부모님도 동생들도 당연하게 여겼다.

"일 바빠 집에 미처 못 가면 생필품 떨어졌을까 걱정되어 밤길도 갔었는데, 내가 언제부터 부모님 빚쟁이가 되었더라. 30여 년을 생필품 갖다 나르니 동생들도 당연하게 여기고. 정말 낳아 주고 겨우 시골 중학교 시킨 게 전부 전부인데. 내가 언제까지 엄마 빚쟁이로 살아야 하는가 싶더라!"

부모님 집도 지어 드렸다. 옛날 새마을 시대 슬레이트 지붕의 흙담집. 아궁이에 불 때는 부엌. 삐걱대는 마루에 문풍지로 황소바람이 들어오는 방. 도저히 볼 수 없어 흙집을 밀어 버리고 시멘트 블록으로 새집을 지었다. 거실 주방 화장실이 딸린 현대식으로. 건축비, 동생들은 눈치를 보며 조금씩만 내고, 큰돈은 집 짓자고 우긴 큰딸 몫이 되었다. 30대라 무모하게 용감했었다. 엄마 무릎 연골 수술, 안과 수술, 아버지 기관지 전립선 수술도 했다. 수술만 하면 큰딸 집에서 두어 달 요양했다. 지지난해 봄. 마을에서 차 넉넉히 다니도록 도로 넓히면서 네 자매가 돈 모아 사 준 두 마지기 논 절반이 도로에 들어갔다. 보상금으로 5000만 원 땅값이 나왔는데, 그 일을 딸들에게 말 한마디 없이 받은 땅값, 10원 한 장 손대지 않고 막내아들 아파트 사 준 걸 나중에야 딸들이 알고 분란이 일어났다. 아들은 엄마 보살피지도 않는데, 엄마는 딸들이 준 용돈도 한 푼 안 쓰고 모았다 아들 오면 탁 털어 주는 기쁨으로 사는 듯했다. 여동생들이 엄마 용돈 주기 싫다고 쑤군거렸다. 지난해 엄마 생신날, 며느리에게 당신 죽고 나면 금반지 금팔찌 너 가져가라고 일렀다.

"엄마, 그거 큰언니가 해 드렸으니 큰언니 주어야지?"

"큰애는 반지 팔찌 많이 있는데 뭣 하게."

"올케는 결혼 때 다이아 반지랑 팔찌 해 주고서."

큰딸은 반지 팔찌보다 엄마 마음이 더 섭섭했다.

"이젠 엄마 일 참견 안 하려고 맘먹었어. 30여 년 정성을 다해 보살펴 드렸어. 남편은 차남인데 여태 장남 노릇 했지. 나는 친정 때문에 열 입을 닫았고. 우린 그동안 친정 시가 양쪽 집 일로 너무 힘들고 버겁게 살았더라고. 별모레 내 나이 오십. 정신이 번쩍 들더라. 내가 노후에 우리 엄마처럼 자식에게 기대는 부모가 되어선 절대 안 되지. 늦지 않았어. 김영주, 너 인생을 살아라! 하는 마음의 소리를 들었어."

"지수 씨 알아? 어려서부터 부모님 형편을 너무 잘 알아 양보만 하는 순한 자식은 성공하지 못해. 부모님께 잘하려니 자신에게 내내 희생만 강요하지. 인생에서 아무런 발전이 없어. 때로는 냉정하게 욕심도 가지고 자기 자신에게 투자하고, 욕을 먹어도 내

길을 걸어가야 인생의 반이라도 성공하는 사람이 되더라니까."

높은 절벽에서 거대한 물줄기를 쏟아 내는 쌍룡폭포 앞에서 사람들은 감탄했다. 지수는 재빨리 동영상을 찍었다. 아까부터 내내 앞서거니 뒤서거니 그들과 걸음을 같이하던 남자가 초콜릿과 햄을 건넸다.

"준비해 왔는데 별로 안 먹었어요. 드세요. 자매분이셔요?"

까르르 웃음이 나왔다. 설악 산길의 새 친구가 되었다. 남자는 45세며 자신은 기러기 아빠라고 말했다. 아이들 조기 유학으로, 아내는 어린 두 아이와 함께 뉴질랜드에 가 있다고 했다.

"능력이 대단하신가 봐요. 뒷바라지 보통이 아니라던데."

"아니요. 나는 학비 생활비만 보내 주는 기러기 아빠인걸요. 처음에는 하루에도 몇 번씩 영상통화를 했는데 애들도 아내도 이젠 그곳 생활에 맞추느라 바빠 전화도 뜸해져요. 혼자 산 지 4년이 되니 애들도 보고 싶고 함께 사는 가정이 너무 부러워요. 식사요? 밥은 회사 식당에서 먹고 주말에는 만사가 귀찮아 라면만 먹어요."

"애들 보러 자주 가시겠네요."

"경제적 시간적 능력 있는 독수리 아빠나 자주 날아가지요. 기러기 아빠는 항공료 아껴 그 돈 생활비로 부쳐요. 아이들을 위해

헌신하기로 했는데. 연세 드신 부모님 뵈어도 용돈 한 푼 못 드리니 죄송하고, 어디 가나 나 자신이 자꾸만 초라해지는 느낌이 들어요."

그는 근래 자신이 돈 버는 기계인가 하는 마음마저 든다고 했다. 월수입을 거의 다 보내었다. 낯선 이국땅에서 어린 자식들 고생하는 게 눈에 밟혀서. 조기 교육을 주장하는 아내의 강한 의견에 좀 더 신중하게 대처하지 못한 게 후회된다고 했다.

"벌써 4년이 넘었어요. 가끔 영상으로 봐도 애들이 훌쩍 자랐어요. 아내는 애들이 영어도 잘해, 친구도 사귀고 학교와 현지 생활 적응도 많이 좋아졌다고 자랑하지만. 어쩐지 나와는 먼 거리만큼이나 멀어지는 느낌이 들어요."

남기호. 그의 얼굴은 침울했다. 눈이 깊은 남자였다.

산길을 내려가는 사람들이 점차 많아졌다. 숨을 헐떡이며 올라가는 그들을 보고, 힘내서요! 한마디씩 했다. 거뭇하게 녹슨 철 계단을 셀 수도 없이 올랐다. 싱그러운 초록 이파리들이 햇살을 받아 반짝이고 훈풍의 바람이 얼굴을 스쳤다. 청정 산소가 목을 지나 폐를 거쳐 허파를 씻어 내려가는 듯했다. 그들은 드디어 높은 성벽처럼 앞을 가로막는 가풀막 언덕에 당도했다. 크고 작은 돌들이 박힌 언덕이었다.

"아, 여기가 사람들이 말하던 깔딱고개군요?"

"길 표지판에 있던 해탈 고개!"

"전엔 깔딱고개였어요. 오르면 깔딱 넘어가니 깔딱고개, 이름 맘에 들지요."

남기호 씨는 조심스레 걸음을 옮기며 빙그레 웃었다.

"서지수 씨, 발 안 미끄러지게 조심하고 돌부리 잡아요. 올라가게 돼 있어요."

지수는 스틱을 배낭에 매달고 장갑 낀 두 손과 두 발로 헉헉대며 산성 같은 돌벽을 기어오르기 시작했다. 등산모자 아래로 땀이 흘렀다. 영주 씨도 한 발 한 발 조심스레 오르고 있었다. 지수는 숨이 차고 힘이 들었다. 허벅지와 다리가 천근이다. 앞을 가로막은 이 돌벽이 자신의 처한 고비처럼 느껴졌다. 남편은 오름길 막은 바위처럼 꿈쩍도 안 하고 있는데, 나도 더 물러날 수 없는데. 어찌한다? 봉정암 부처님께 물어보리라.

김영주는 이번이 봉정암 마지막 길이 되려나 싶었다. 전과 달리 힘이 들어 봉정암 다시 오를 엄두를 낼 수 없을 것 같았다. 깔딱고개! 살면서 깔딱고개 몇 번이나 넘었던가! 문득 봉정암 오르는 길이 자신이 이제껏 걸어온 길처럼, 앞으로 살아갈 힘든 길이 아닐까 하는 두려움마저 들었다. 무겁게 느껴지는 배낭의 짐이 자신에게 주어진 삶의 짐이 아닐까? 김영주는 눈물이 났다.

'그래 김영주 너, 수고했어! 이젠 힘들면 힘들다고, 아프면 아프

다고 솔직히 말하자. 나는 슈퍼우먼이 아니야. 나도 쉼이 필요하고 따뜻한 위로가 필요하다고.'

남기호는 장갑을 벗고 맨손으로 돌부리를 잡으며 오르고 있었다. 아빠! 별이 활짝 웃고 있다. 앙증스러운 가방을 메고 손을 흔들며 공항을 떠날 때 다섯 살 어린 모습 그대로다. 일곱 살 준도 손을 흔들며 웃고 있다. 아내가 활짝 웃고 있다. 손을 흔든다.

"여보 나 애들 잘 키울 테니 걱정하지 마. 안녕! 안녕!"

가슴이 뻐근하게 시리고 내장이 다 빠진 듯 휑하다. 장난감을 어질러 집 안을 난장판으로 만들고 시끄럽게 식사하고 양치질도 경쟁하듯 하고, 목욕시키다 간질이면 그대로 튀어나가 거실을 물바다로 만들었지. 퇴근길에 사 오는 통닭이니 빵을 서로 받으려고 별이 준이 싸움을 했었지. 퇴근하면 아빠에게 서로 먼저 안기려고 난리를 쳤지.

아! 애들이 보고 싶다. 준아! 별아! 우리 애들이 정말 보고 싶어! 눈물이 났다. 이렇게 사는 것은 너무 힘들어. 한두 해도 아니고, 이게 가족이야? 언제까지 이렇게 살게 될까? 아내와 솔직한 대화가 필요해. 고생해도 내가 그곳으로 가서 가족이 함께 살든지, 아니면 애들이 한국으로 나오든지. 아파트를 처분해야 할 상황이라고 아내에게 솔직히 말하자. 나, 사실 직장을 쉬고 있다고 말을 해야지. 우린 정말 대화가 필요해.

바위와 돌무더기를 타고 고개를 내려오던 두 남자가 웃었다.

"힘내세요. 이 깔딱고개만 넘으면 다 왔어요."

"예. 고맙습니다. 어제 올라가셨나 봐요?"

남기호가 부러운 듯 숨을 돌렸다.

"예. 어제 올랐어요. 우린 대청봉까지 다녀왔어요."

"아, 대청봉! 나도 정말 가고 싶은데, 지금 다리가 완전히 풀렸어요!"

지수가 숨을 헐떡이며 탄식했다. 남기호 씨가 씩씩하게 말했다.

"우리 같이 대청봉, 시도는 해 봅시다!"

대청봉은 언제? 아까 저 아래서 만난 사람들도 봉정암 다 왔다더니 그냥 멀었고, 저 사람들도 깔딱고개만 넘으면 봉정암 다 왔다 하지만 아닐 것이다. 봉정암은 아직 멀었을 것이다. 희망의 말이겠지. 김영주 씨가 환히 웃었다.

"지수 씨, 정말 다 왔어요. 깔딱고개만 넘으면 봉정암 마당이어요. 해발 1,244미터 설악 정상에서 부처님 진신사리 모신 적멸보궁 뵙고, 짠무지에 밥 만 미역국 한 그릇이 얼마나 지극하고 감사하게요. 혼자 목욕하고 머리 감는 그 물이면, 여기선 100사람 세숫물 되어요."

"나도, 나도 그럴 수 있을까요?"

영주 씨가 지수 손을 꼭 잡았다.

"그럼요. 나도 너무 힘들고 외로울 때 봉정암을 찾았어요. 착하게 살자, 마음을 비우자. 그러나 막상 현실에서 또 지쳐요, 삶이니까요."

"그럼 나는, 나는…."

그들은 마지막 힘을 모아 깔딱고개를 기어오르기 시작했다. 깔딱고개를 먼저 오른 남기호 씨가 어서 오라고 손을 흔들고 있었다. 지수는 서른넷, 자신의 나이를 세기 시작했다. 깔딱고개 얼마든지 오를 수 있어.

드디어 고지를 오른 지수의 눈앞에 신기루처럼 봉정암이 나타났다.

인터넷으로 본 봉정암이다.

아, 봉정암 만세!

✤

근호를 깨웠다. 아이는 언뜻 눈을 뜨더니 도로 감아 버린다.

"아이! 조금만 더 자고요."

이불을 뒤집어쓰고 꿈쩍 않는 애를 보며 언제 잠 좀 실컷 자게 내버려 둘까 싶다. 겨우 일어나 아침도 마다하는 근호에게 데운 우유와 빵을 내놓았다. 근호는 빵 한 개만 먹고 두 개는 가방에 넣어 갔다. 오늘도 아침 5시에 근호가 집을 나섰다. 혼자 탄 엘리베이터 벽에 등을 기대고 눈을 감는 모습에 마음이 짠하다. 6시, 근영이를 깨웠다. 등교하는 딸애는 현관문을 나서면서 방실대면 손을 흔든다. 딸애가 나가고 숨을 돌렸다. 7시, 남편 차례다. 깨워 주나? 아냐 그냥 두지 뭐. 뭐가 예쁘다고.

내가 생각해도 애들한테는 바다만큼이나 너그러워지는 마음인데 유독 남편에게는 조금만 트러블 있어도 심사가 배배 꼬이는 심통 주머니가 되었다. 언제나 코딱지 같은 소갈딱지가 지름길로 달려와 내 콧잔등에 먼저 올라앉는다. 살아, 말아? 귀가 물리게 들은 부부는 돌아누우면 남이라는 말이 요즘 왜 자꾸 귓전에 파고들까. 줄줄이 사탕처럼 이어지는 번잡한 생각들을 떨치려 베란다로 가서 주인처럼 비실비실해진 화초들에 물을 주기 시작했다.

"사람이, 깨우지도 않고. 늦잖아!"

남편의 짜증이 휙 날아왔다. 호수를 던지고 국을 데우고 밥을 퍼서 아침상을 보았다. 그러나 남편은 바쁜 듯 화장실에 다녀오고 옷을 챙겨 입고 급하게 나갈 채비다.

"늦었어. 오늘 좀 일찍 나가야 하는데…."

그는 출근이 늦어 그런지 안 깨워 준 마누라가 언짢아 그런지 찌뿌드드한 얼굴로 눈길 한 번 없이 검은 가죽 가방을 들고 현관을 바쁘게 나가 버렸다. 흥, 나 겁 안 나!

나가는 남편 뒤통수를 향해 콧방귀를 날렸다. 일 있으면 자기가 알아서 지딱지딱 일어나야지. 자기가 뭐 내 아이인가. 오늘도 지극히 평범한 일상이다. 주방을 정리하고 안방에 들어오니 컴퓨터 책상에 누런 서류 봉투가 놓여 있다. 아침에 바쁘게 나가더니 잊고 간 모양이다. 그전 같으면 전화해서 회사 근처로 갖다줄게, 하고 바삐 나갔겠지만 한번 집어 보고 그 자리에 도로 던져 버렸다. 급한 서류면 자기가 가지러 오겠지. 애들 방을 돌아 세탁물을 챙겨 주인 말 잘 듣는 세탁기 커다란 입 속에 일감을 한 아름 넣어 주었다 세탁기를 돌리고 나니 눕고 싶은 마음뿐이다. 지난 밤도 잠을 설쳐 눈까풀이 무겁다. 마음이 번잡스러워선지 손에 서 일만 놓았다 하면 벌 떼 수십 마리가 내 머리에 웅성웅성 달 려든다. 정말 육신은 마음의 표출 대상인 것 같다.

그 여자, 그 여자만 생각하면 빛의 속도로 활화산 같은 열불이 차오른다. 짙은 주황색 등산복을 입었던 여자. 늘씬한 키에 매력 적이었던 그 여자. 남의 남자 팔짱을 끼고 있는 모양새가 꼭 자기 남자와 그러고 있는 것같이 너무도 자연스럽게 보였던 얄미운 여 자. 사내 몇은 잡고도 시침 뗄 여자. 그때, 그들 앞에 당당히 나 서지 못한 것이 이렇게 내 가슴을 쥐어뜯는 한이 될 줄이야. 그 여자 긴 머리채를 잡고 한바탕 싸우든지, 남편 개망신 시키든지 했어야지 이건 정말 아니다. 그때는 너무 놀라고 너무 어이없었 기 때문에, 또 동행한 친구들이 있기 때문이기도 했다. 단도직입 으로 말을 해 봐? 그 여자 누구냐고, 그 여자 다, 당신 애인이냐 고? 이런 말 하는 내 입이 다 더러워진다. 아니지, 그러다 남편이 가려운 데 긁어 주어 고맙다는 식으로 그 여자 좋아한다고 하 면, 나는? 낙동강 오리알인가.

현실적으로 만만찮은 이 사회에 내가 혼자 자립해 살 수 있을 까? 옛날에 작은 회사 좀 다녔을 뿐 결혼해서 전업주부로만 머물

렸던 나 자신이 한없이 후회스럽다. 20년 세월에 비자금 한 푼 준비 못 한 자신이 등신 같다. 노력 하나 안 하진 않았다. 큰맘 먹고 친구들과 어울려 매입한 자연녹지로 묶인 농지는 뒤돌아 수자원에 환수되어 버렸다. 주식을 조금 하다 증권사 매니저가 우량 펀드라고 적극적으로 추천하는 ELS 펀드에 넣었는데 원금 마이너스가 되었다. 문호 대학 입학금은 물론 집 여윳돈인데. 영업장에서 고객들 원망과 항의가 빗발치고 결국 증권사와 끝없는 법적 소송 중이다. 남편은 화를 내며 제발 가만있으라고 질책했다. 나는 잘하는 게 하나도 없는 것 같다. 아르바이트 알아볼까. 노래방? 아니야. 마트에 캐셔 문의해 볼까? 식당 서빙이라도 해 볼까? 닥치면 뭐라도 하겠지. 그러나 우리 근호와 근영이를 보지 않고는 못 살겠다. 더구나 근호가 입시생 아닌가. 맹모 그림자는 못 따라갈지언정 탁발승 바가지 깨듯 자식 앞길 망쳐서야 어디 엄마인가. 참자. 아이들 대학까지는. 그때까지 눈곱만한 내 인내가 얼마나 지탱할까? 그러려면 내 꼴은 아마 눈 온 뒤 진창길 같은 추한 여자가 되겠지.

힘이 없고 몸이 처져 억지로 눈 좀 붙이려 하는데 관리실 방송이 나선다. 층간 소음 아이들 뛰는 것, 늦은 밤 세탁기 소리, 베란다 담배 냄새, 수돗물, 애완견 조심 등이다. 위층의 개새끼들

뛰지는 않으니 그나마 다행인가. 뒷골만 더 땅긴다.

　10시다. 왼쪽 어깨와 팔이 또 욱신욱신 저렸다. 저번 다용도실 정리하다 팔을 부딪친 게 탈인지 일만 좀 하면 쑤신다. 약장을 열어 보니 파스가 하나도 없다. 몇 장 있던 걸 다 쓰고 깜빡했다. 아파트 상가 약국에 가서 파스만 사 오려고 문을 나서다, 현관 거울에 비친 설거지하다 던져 버린 수세미 같은 머리가 눈에 거슬려 모자만 하나 덮어쓰고 나섰다. 우리 앞집 현관문엔 최신 터치 키가 달려 있다. 애도 없고 부부가 직장인이라 얼굴 보기가 어렵다. 15층에 엘리베이터가 멎고 문이 열려 타고 보니 손에 손지갑 하나만을 달랑 든 걸 알고 도로 들어가 핸드폰을 가지고 나오려다 그만 1층을 눌러 버렸다. 멀리 가는 것도 아니고 약국에 가서 파스만 하나 사 올 테니까. 혼자 탄 엘리베이터 거울에는 꼭 가을날 봉선화같이 시들시들해 보이는 여자가 나타났다. 꼴이 보기 싫어 모자를 더 푹 눌러 섰다. 광고문이 눈에 들어온다. 키즈소아과. 행복한의원. 불타는치킨. 피자. 일류세탁. 그때다. 갑자기 불이 꺼지면서 엘리베이터가 덜컹 소리도 무섭게 멈춰 버렸다. 순간 너무 놀라서 가슴이 철렁했다. 10년 넘게 사는 아파트지만 엘리베이터 고장은 잘 없었는데 왜 이래? 뭐야, 왜 이래? 전기가 나갔나? 그래도 곧 괜찮아지겠지 했다. 그냥 잠시라도 어둠이 싫었다. 누가 신고해서 경비실이나 관리실에서 금방 오겠지.

엘리베이터가 본디 이리 깜깜했었나 내 눈을 의심했다. 정신 차려야지. 평소에 예사로 본 비상 호출기를 손으로 더듬어 눌러도 먹통이다. 연달아 찍찍 눌렀다. 응답이 없다. 비상 호출기가 형식으로 달린 거야 뭐야?

"여보세요! 여보세요! 여기 사람 있어요!"

내 목소리가 울려 이상했다. 전화해야지. 아! 핸드폰이 없다. 지갑뿐이다. 바지 주머니에도 없다. 이게 어디 갔어? 어디 넣었지? 아차! 집에서 나올 때 핸드폰 안 갖고 나온 것이 생각났다. 미쳤어! 뭐든 필요하면 꼭 없다. 나는 왜 늘 이 모양인가. 여기가 몇 층일까? 타고서 거울 보고 모자를 눌러쓰고 광고 본 게 생각났다. 7층? 8층? 모르겠다. 아! 이를 어떡해! 잘못될지도 모른다는 방정맞은 생각이 머리를 때렸다. 아니 금방 구해 줄 거야. 침착하게 기다려야지. 에잇 재수 없는 날!

아무리 생각해도 어이가 없다. 이러다 지하실 바닥으로 떨어지면 어떡해! 두려움이 덜덜 전신을 파고들었다. 스테인리스 손잡이를 바짝 움켜잡았다. 엘리베이터가, 범 아가리 같은 음흉한 공간이 정말 무서웠다. 어쩌면 좋아? 제발 빨리 좀 와 주세요! 다시 또 호주머니를 뒤져 본다. 혹시나 하고 더듬거려 보니 바지 호주머니가 아예 뒤집힌 채다. 지갑뿐이다. 아, 없다, 핸드폰이. 줄곧 거치적거리는 손지갑을 내던졌다. 퉁, 하고 울리며 스테인리스 벽

면에 닿아 퉁겨지는 소리가 났다. 지금 아무짝에도 소용없는 지갑을 쥐고 있는 꼴이라니. 천만번 후회를 해도 소용없다. 내가 여기 있다고 어떻게 알려? 방법이 없잖아. 누가 엘리베이터를 타면 금방 알 수 있을 터인데. 관리실은, 경비 아저씨는 도대체 뭐 하는 게야? 사람들은 날 언제 구출해 줄 건가? 바쁜 출근 시간대가 지나고 지금이 한가한 시간이다 보니 그런가? 엘리베이터를 타는 사람이 없어도 그렇지 사고가 났는데 이렇게 깜깜 모른단 말인가. 요즘 부쩍 밉던 남편의 얼굴이 나타난다. 근호와 근영의 얼굴이 클로즈업된다.

"자기야, 나 지금 죽게 됐어! 근호야, 근영아! 엄마 어쩌면 잘못될지 몰라!"

찔끔찔끔 눈물이 났다. 어디서부터 잘못된 걸까? 숨통이 막히고 화가 나서 문을 확 걷어차려 발길질하려다 순간 뻗쳐진 다리를 오므렸다. 꼼짝도 하지 않는 이 공간이 충격을 받아 아래로 떨어질까 와락 겁이 났다. 간이 다 오그라들었다. 그래 침착해야지. 호랑이에게 물려 가도 정신만 차리면 산다고, 호랑이에게 물리면 그 흉악한 이빨 송곳니에 물리면 물리는 순간 죽든지 기절하지. 하필이면 왜 내가 이 어둠에 이 공포에 갇히느냐 말이야? 관리실은 재깍재깍 점검하고 살필 일이지 뭐 하고 자빠져서 입주민이 이런 고통을 겪게 하는데? 너희가 당해 봐라. 관리비는 꼬박꼬박 받으면서 저들 하는 일이 뭔데 도대체 뭔데! 비상 호출기는 폼으로 달렸냐? 왜 무용지물인데, 나가기만 해 봐 관리소장인지 뭔지 멱살 잡고 싸우고도 남겠다. 염병할! 욕지거리가 절로 나왔다. 제기랄! 똥개 새끼들, 돼지 새끼들!

오늘 아침만 해도 그렇다. 머리도 욱신욱신하고 속도 더부룩해서 베란다 창문을 열었더니 싱그런 5월 하늘이 아니고 꾸물꾸물했다. 봄비 오려나? 커피를 타러 주방으로 간 사이 아차차, 또 시작이다. 위층서 탁탁 터는 소리가 났다. 자기들 덮는 이불인지 개새끼 깔개인지 정말 비 오는 날 말고는 날마다 반복이다. 저 여편네는 기운도 좋아. 아휴, 징글징글해. 커피를 타다 말고 부리나케 달려가 베란다 문을 쾅 닫았다. 이불을 세게도 턴다. 층간 소음 아닌 층간 민폐다. 저 여자는 저렇듯 아침마다 탁탁 털어 대는 것으로 하루를 시작하나 보다. 이웃 한번 오지게 잘 만났다. 관리실에 말하려다 참고 있는데 여름이 되어도 베란다 문 열기는 단념해야 할 것 같다. 위층은 이사 온 지 두 달 되었나. 예순은 넘은 듯한 부부와 개 두 마리가 살고 있다. 엘리베이터에서 위층 여자와 마주쳤을 때, 개새끼가 깽깽거려도 웬만하면 잘 지내려고 참았다.

"어머나, 애들 털이 어쩜 이렇게 반질반질해요! 관리를 잘하시나 봐요. 애는 날씬하고 애는 통통해서 참 귀엽네요."

그녀의 얼굴에 금방 미소가 번졌다. 자식 칭찬보다 더 듣기 좋은 모양이다.

"애들 매일 운동시키다 보니 덕택에 우리가 운동해요. 운동을 얼마나 좋아하는지."

그들은 아침이면 부부 중 한 사람이 개들을 데리고 나가 근처 공원에서 운동시켰다. 알록달록 예쁜 조끼를 입은 두 마리 반려견 꼬리는 오렌지색으로 물들였는데 주인을 따라 쪼르트 살 길었다. 담황색 짧은 털의 치와와 한 마리는 빼빼하게 마르고, 흰색 치와와는 통통했다. 작은 체구 커다란 두 귀, 큰 눈이 인상적이다. 몸집이 작아도 새끼는 아니고 나이를 좀 먹은 듯했다. 빼빼 녀석이 사납다. 사람만 보면 주둥이를 치켜들며 사납게 짖으니 1, 2 라인 사람들이 수군대고 눈치도 주었다. 관리실에 말도 한 모양이다. 아! 재수 없는 날. 불행은 몰아서 온다더니 이렇게 나쁜 일만 닥치는 것인가. 근호와 근영이 보였다. 키만 크지 아직 애들인데, 내가 만약 어떻게 된다면 애들이 바르게 살아갈 수 있을까? 아직 손이 많이 가고 챙겨 줘야 하는데. 남편은 처음엔 남 보기에 조금 슬픈 척하다 한 달도 못 가서 히히대고 재혼할 거야. 그 여자에게 빠져 근호 근영이를 내팽개치며? 설마 그러지는 않겠지. 자기 아들딸은 끔찍이 사랑하잖아. 그래도 여자의 베갯머리 노름에 빠져 내 전부인 우리 애들을 팽개치며, 아— 평소에

유서라도 한 장 써 놓고 다닐걸.

　우리는 식성부터 너무 달랐다. 남편은 육식가이고 나는 생선 마니아다. 남편은 집에서 삼겹살 구워 먹는 걸 너무 즐겼다. 나는 먹어야 두어 점이다. 나는 갈치 고등어, 특히 노릇노릇 바싹바싹 구운 가자미 생선을 정말 좋아한다. 결혼 초기 우리는 너무 다른 식성 때문에 힘들었다. 육식과 생선의 대결이었다. 삼겹살을 너무 좋아하는 사람과 생선을 잘 먹는 사람의 동거였다. 남편은 자기가 자랄 때, 바다와는 먼 내륙 지방이라 생선은 갈치와 고등어만 먹었다고 했다. 옛날 시골에선 집집이 돼지를 길러 아들딸 혼인 때 한 마리는 잡는 것이었고, 평소에도 돼지를 잡아 동네에서 나누어 먹었다고 했다. 설과 추석에는 꼭 소를 잡아 집집이 고기들을 나누어 국을 끓여 먹었는데 남편은 아버지가 쇠죽 끓인 아궁이 앞에서 털을 벗겨 가며 장만해 주신 말랑말랑한 소 껍데기와 돼지 껍질을 숯불에 구워 소금에 찍어 먹은 그 맛이 천하일미라고 추억했다. 남편은 소고기와 어슷어슷 빚어 썬 무와 콩나물, 고사리 토란 줄기를 넣어 끓인 얼큰한 육개장을 좋아했다. 나는 남편을 위해 종종 마트에서 두툼한 돼지고기를 샀다. 큰 솥에 무를 듬성듬성 썰어 넣고, 생강과 양파, 대파를 넣고 된장은 조금만 풀어 넣은 맛국물이 끓으면 칼집을 넣은 돼지고기를 넣고, 커피 한

스푼 넣어 한 시간 정도 푹 삶으면 갈색빛이 도는 부드럽고 쫄깃한 맛난 수육이 되었다. 남편은 수육을 깻잎에 싸서 입이 터지게 넣으면서 가자미 가시를 바르고 있는 나를 향해 눈을 흘긴다. 나도 그걸 갚아 줄 때가 있다. 생선회를 먹으면 나는 상치 깻잎쌈을 싸서 볼이 미어지게 입에 넣으면서 남편에게 맛나서 넘어가는 시늉을 한다. 남편은 생선회를 먹기는 해도 삼겹살만큼 즐기지 않았다. 그런 그가 결혼 전 나를 데리고 다닌 곳은 곧잘 초밥집이어서 정말 내가 깜빡 속았다. 우리는 더러 식탁에서 티격태격하면서도 이제껏 잘 지내 왔다. 다행히 우리 아이들은 삼겹살도 생선도 다 잘 먹었다. 한번은 퇴근한 남편이 식탁에 무언가를 꺼내놓았다. 그는 열두 살 소년같이 장난스럽게 씩 웃으면 포장지를 벗게 바짝 내 코앞에 디밀었다. 순간 암모니아 냄새같이 코를 찌르는 역한 냄새에 나는 뒷걸음질을 치다 하마터면 넘어질 뻔했다.

"아니, 그게 뭔데?"

"당신 좋아하는 생선회야!"

"아이고, 그거 빨리 치워! 어서!"

남편은 손으로 코를 꽉 막고 식탁 저만치에서 코맹맹이 소리로 외쳤다.

"이건 못 먹어? 희한하네. 이것도 생선인데 당신은 이쪽 족속인데, 홍어회를 못 먹어? 이거 즐기는 사람들은 환장한다던데."

"화, 환장하는 사람 주고 오지, 누구 넘어가는 꼴 구경하려고!"

그놈의 홍어회 때문에 우리는 상대방 식성 다름을 인정하고 각자 위장이 생긴 대로 살기로 무언의 다짐을 새삼 했다. 남편은 몸이 뜨겁고 나는 몸이 차가운지라 여름이면 에어컨을 켜라 꺼라, 방 안 온도를 나는 올리고 남편은 내리고 실랑이도 하지만 그런 일은 대충 지나가기 마련이다. 적어도 그 일이 있기 전까지 평범한 일상이었다.

한 달 전인가 보다. 수지에게서 전화가 왔다. 친구들과 바람 쐬러 나가잔다.

"어디 바람에 흔들리고 싶어서?"

"허파가 뻥 터질 만치 꽃바람 주유할 테다!"

"저녁까진 돌아오겠지? 애들 때문에."

"야, 너만 고 3 있냐? 저 혼자 맹모 흉내야. 나쁜 지지배!"

후다닥 나갈 채비를 했다. 다행히 남편은 지금 출장 중이고, 근호는 12시나 되어야 집에 오고, 근영이도 학원서 10시 넘어 집에 오니 내가 먼저 귀가할 것이다. 아파트 앞에서 친구들을 태우고 수지 차가 기다리고 있었다.

"뒷자리 비좁아도 불평하지 마. 할 일 없이 다들 평수만 넓히고 있잖아."

"아이고 옛말 그른 게 하나 없지. 똥 묻은 개가 뭘 어쩐다더라?"

까르르 넘어가는 소리에 봄바람 실린 차가 들썩거린다. 통영에 닿으니 11시가 넘었다. 먼저 미륵산 케이블카를 찾았다. 관람객이 많아 늦게 가면 줄 서서 오래 기다린다고 했다. 하마 주차장에 차들이 빼곡했다. 통영 유명 관광지는 중앙시장에서 생선회 점심을 먹고 다니기로 했다. 수지는 주차를 시키고 지혜는 마실 걸 챙기고, 선영과 정임은 입장권 사러 갔고 나는 수위를 둘러봤다. 생각보다 사람들이 많았다. 차양 모자를 고쳐 쓰며 오가는 행락객들을 느긋이 바라보던 내 눈에 언뜻 비치는 어떤 얼굴에 나는 악! 소리가 나오는 입을 손으로 얼른 막았다. 남편이 아닌가. 그것도 어떤 여자와 함께. 세상에 울산으로 출장 간 남편이 어떻게 이곳에 있단 말인가. 그들은 케이블카 관광을 하고 내려오는 사람들 틈에 있었다. 잘못 봤나 싶어 다시 봐도 저만치 가고 있는 사람은 남편이 틀림없었다. 색깔이 선명한 주황색 등산복 차림의 여자가 남편의 팔짱을 다정스레 끼고 있다. 남편은 내가 여벌로 여행 백에 넣어 준 카키색 파카 차림이다. 키 작은 나와는 반대로 여자는 키 179센티 남편과 어울리는 늘씬한 여자다. 웨이브 긴 머리가 바람에 날리고 선글라스를 앞머리에 올린 얼굴이 얼핏 봐도 매력적으로 보였다. 아무래도 내가 헛것을 봤나 싶어 손으로 얼른 눈을 확 닦고 다시 봐도 남편이다. 그들은 무슨 재미있는 이야기를 하는지 웃는 얼굴로 줄곧 마주 보며 걸었다. 우리가 지금 주차한 곳에서 좀 떨어진 건너편 주차장에 도착한 그들은 차를 빼 금방 출발했다. 쌩하니 질주하는 차는 검은색 SM5 남편 차가 아닌 빨간색 자가용이다. 그 순간 휙 내 머릿속을 스치는 차디찬 바람에 눈앞이 아득하더니 몸이 석고처럼 굳어졌다. 굳어진 석고는 누군가의 망치 한 방에 그대로 쓰러지고 말았다.

"어머! 애, 너 왜 이래? 차멀미 하니?"

친구 등 뒤로 빛나는 햇살이 너무 부끄러워 눈을 뜰 수가 없었다. 누가 내 얼굴을 조금이라도 가려 주었으면 싶었다.

"좀 전만 해도 괜찮더니 영주야! 어머 애 얼굴 하얗다. 봐 봐!"

"애가 무슨 쇼크 받았나? 갑자기 왜 이래?"

친구들이 내 몸을 마구 흔들며 난리다.

"119 부를까? 어떡해?"

"햇살이 너무 부셔서 그래. 좀 있으면 괜찮아—질—거—야."

"나 참, 박영주! 지가 아직도 18세 문학소녀인 줄 착각하고 있는 것 아냐?"

"어휴 지지배 언제 철날래? 사람 간 떨어지게. 쯧쯧 병원 안 가도 될까?"

"우리 오늘 통영 스케줄 조정하자. 영주 상태 봐서 움직이자고."

나는 아무래도 내가 잘못 본 게 아닌가 하고 의구심이 들었다. 그리고 순간적으로 지금 이 주차장에서 남편과 정면으로 맞닥뜨리지 않은 것을, 친구들이 남편과 그 팔짱 낀 여자를 못 본 게 그나마 다행이라는 쥐뿔같은 생각은 왜 했는지 정말 모르겠다. 내가, 내가 무슨 내세울 체면이 많다고 친구들에게 들키지 않은 것을 다행으로 생각했을까. 정면으로 마주친 현장에서 다섯 여자가 달려들어 그 여자 창피를 주고 남편의 가면을 홀라낭 벗겨도 시원찮을 판에. 그래 잘못 봤어. 그럴 리가 없어, 아니야. 아니라고 부인할수록 부정의 그늘은 짙어져만 갔다.

꼬박 일주일 밥을 못 먹었다. 갈증에 물만 들이켰다. 내 안에서 길길이 날뛰는 불신과 악몽의 고삐를 잡느라 기력이 점점 소진되어 갔다. 난 밤마다 나 자신을 갉아 대었다. 남편은 병원 가서 진찰받아 보라고, 우선 링거라도 맞으라고 성화였다. 내 병의 근원이 자기인 줄은 까맣게 모르고 있다. 그리고 내가 맘속으로 시퍼런 비수의 칼날을 득득 갈고 있는지도 알 리가 없다. 출장에서 돌아온 남편은 전과 똑같았다.

위선자! 위선자! 나는 출장지에서의 그의 속옷들을 죄다 쓰레기통에 쑤셔 넣었다. 완벽한 이중성이 역겨웠다. 남편이 잘 먹지 않는 생선을 바싹바싹 줄곧 구웠다. 가자미를 조렸다. 청량초를 넣어 맵싸한 냄새가 집 안에 넘쳐나게 조렸다. 내가 즐기는 음식

들만 했다. 남편과의 잠자리도 거부했다. 구역질 나게 더러웠다. 이실직고하기 전에는, 잘못했다고 빌기 전에는 같이 자나 봐라. 어림도 없지.

"당신 요즘 왜 이래? 뭐가 불만이야?"

"아파 죽겠어. 전신이 다 아프단 말이야. 그렇게 하고 싶으면 나가서 연애하든지, 애인을 찾아가든지."

"뭐라고, 그걸 말이라고 해? 이 여자가 요새 이상하게 막 나가네. 안 그래도 회사 일이 골치 아파 죽겠는데."

'그래. 나 막 나간다. 어쩔래?'

남편은 한심하다는 듯 나를 째려보다 연초부터 끊었던 담배를 챙겨 어두운 베란다로 나갔다. 전 같으면 말렸겠지만 피우거나 말거나 자기 건강 내가 왜 걱정해? 잔소리도 정말 애정이 있을 때 한다는 걸 이제야 깨달았다. 나는 밤이며 베개와 이불을 안고 거실로 나왔다. 이 바보야, 왜 말 못 해? 통영 그 여자 누구냐고 왜 당당히 묻지 못하니? 언제까지 속만 끓이면서 살래? 남편이 바람을 피워도 옴팡 속아 주며 그냥 살려고 그러니? 도대체 넌 무엇이 그리 무섭고 겁이 나니?

언니를 찾아갔다. 일흔다섯, 친정 큰언니는 이태 전 형부를 먼저 보냈다.

"네 꼴이 왜 그래? 아팠냐?"

"응, 슬슬 몸살감기."

넌지시 물어봤다.

"언니 형부 안 계서 편하시유?"

"애는 무슨 소리야. 티격태격해도 부부가 제일이지. 등에 파스 발라 줄 인간이 없잖니. 정말 아쉬울 때가 많아. 밖에 안 나가면 종일 입 닫고 살지, 끼니를 안 먹어도 걱정하는 사람 없고 물론 애들이 전화도 자주 하고 다녀들 가고 하지만, 어째 애들한테 아프니 슬프니 일일이 말해 걱정 끼치니. 너 형부한테 내가 조금 아파도 많이 아프다고 얼마나 엄살떨었게. 그 사람 무심해도 내가 아프면 쩔쩔맸거든. 몸 아프면 그 양반 생각나 죽겠다니까. 부부 는 늙으면 친구다 친구. 얼마나 만만하고 편한 상대니. 애, 내 등 에 파스부터 붙여 주렴. 나 어제 화장 곱게 하고 미장원서 머리하 고 한복 떨쳐입고 사진관 갔다. 영정사진 찍었어. 장례식장 영정 사진 너무 젊은 사진 올려놔도 보기 싫고, 급하게 올린 주민등록 증 사진은 아니다 싶더라. 애들한테 그것까지 허둥대게 하기 싫 어서."

영정사진 찍었다는 그 말에 만감이 교차했다.

사람은 결국 왔다가 다 버리고 가는구나! 영정사진 한 장 남기 고서.

남편의 통영 그 일을 캐물을 한 번의 기회가 우연히 있었다. 일요일 아침나절 텔레비전에 동양의 나폴리 통영 관광코스 소개가 나왔다. 재빨리 남편의 기색부터 살폈다.

"으응, 저번에 출장 가서 우연히 초등학교 동창을 만나 구경 가자고 해서 가 봤어. 예향의 도시지. 벽화마을 세병관 해저터널 미륵산 케이블카도 타봤지. 담에 시간 나면 같이 가 보자. 한산도 배 타고 들어가 이순신 장군 모신 제승당에 참배도 하고."

동창이었나? 나는 태연함을 유지하려 긴 호흡을 들이켰다.

"어머, 반가웠겠네. 동창. 남자 동창, 여자 동창?"

남편은 순간 멈칫했다. 그의 얼굴에 잠시 고뇌하는 빛이 스쳐 갔다.

"남자 동창이었어. 중앙시장에서 싱싱한 활어회도 먹고."

"담에 우리 갈 때도 그 동창한테 안내 부탁하면 안 될까? 박경리 선생 산소, 추모관도 가 보고 싶은데."

거짓말! 여자 동창이라고 왜 못 밝혀? 동창끼리 바람나면 안 된다는 법이라도 있는가. 거기서 당신 봤어. 그 여자도. 둘이 엿처럼 딱 붙었데. 흥, 그 잘 먹는 생선회까지 드셨다고. 가시가 입술을 마구 쑤셨다. 누굴 선달이 장승으로 알고 뒤통수를 쳐. 입술을 악물고 참았는데 나중에 생각하니 왜 참았는지 참 바보 같다는 생각에 화장실에 가서 내 머리를 쥐어뜯고 말았다. 바로 그때 다그쳐야 했는데, 그 여자 누구냐고? 대답하라고. 아 난 왜 이리 바보일까. 정말 멍청인가 봐!

올라가는 엘리베이터에 위층 여자와 그녀가 사랑하는 치와와 두 마리, 나와 초등생 여자애와 애 엄마와 함께 탔다. 담황색 빼빼 녀석은 얌전할 때도 있지만 사람만 보면 짖는 게 특기다. 녀석이 여자애를 보고 만만한지 쾅쾅 짖자 애가 기겁을 했다. 엄마가 애를 얼른 자기 뒤쪽으로 숨겼다. 위층 여자는 짖는 개를 달랑 들어 품에 안았다.

"애가 너 물디? 기겁하게."

"뭐라고요, 세상에!"

"강아지 처음 보냐. 별꼴이네."

"적반하장도 유분수지, 이 여자가!"

"뭐, 이 여자? 야, 너 몇 살 처먹었냐?"

"대접받고 싶으면 나잇값을 하든가!"

깨갱깨갱 치와와 두 마리가 동시에 짖어 대고 여자애도 으앙 울음을 터뜨렸다.

아, 지금은 치와와 짖는 소리도 아쉽다. 개들이 아프면 애견 센터로 황망히 치맛자락 휘날리며 달려가는 여자, 자기 몸 아픈 것보다 더 반려동물 걱정하는 그녀가 대단해 보일 때도 있었지. 살아온 세월이 주르르 눈앞에 펼쳐졌다. 울컥 목이 멘다. 나 박영주, 살아도 박영주 죽어도 박영주로 죽는다. 이제껏 나는 어떻게 살아왔는가? 이제껏 나는 무엇을 위해 살았는가? 양로원에도 보육원에도 간 적이 없다. 촛불 집회, 시위, 집회 간 적이 없다. 사회적 이슈들에 관심도 가지지 않았다. 텔레비전에 피켓을 들고 구호를 외치는 사람들을 보면, 다들 남의 일에 오지랖 넓게 나서기도 잘한다 싶었지. 기아 상태 아프리카 어린애를 보면서도 우리 애들 학원비, 경조사비, 제수비, 동창회비, 친목 곗돈이 먼저 떠올랐지. 나는 그저 내 가족의 행복과 안락만을 생각했지. 게시판의 아파트 공지에도 관심 없었지. 나무 한 그루 제대로 키운 적도 없고 생활 쓰레기 줄이려 노력한 적도 없으면서 오염에 짜증 내고 주위 조그만 불편에도 투덜거렸지. 편하게 누리는 것은 당연하고 문화 혜택도 당연시했지. 언제 선행한 적 있었던가?

역사가 흐른 듯하다. 아, 나는 아직도 이 어둠에 갇혀 있구나. 내가 세상일에 무관심했던 것처럼 사람들은 엘리베이터에 갇힌 한 여자를 잊어버렸나 보다. 정신을 차리자. 여기서 내가 살아서 나간다면 남편에게 꼭 물으리라. 그 여자, 그 여자 누구냐고 분명한 대답을 듣고 말리라. 돌아오는 대답이 무서워 애간장을 녹이며 더는 어정쩡하게 살지 않으리. 이젠 나 자신을 학대하지 않을 것이며 당당하게 살리라. 그리하여 설사 나 자신이 외롭게 되고 더 큰 고통이 따를지라도 감내하리라. 내 할 일을 찾아야 한다.

우리 아이들 다 자랐어. 잃어버린 나, 박영주를 찾아야겠어. 언젠가부터 생리가 왔다 갔다 하고, 하루에도 몇 번씩 얼굴이 화끈거리며 냉장고 문 열었는데 퍼뜩 생각이 안 나기도 하는 나. 보이스피싱 당할까 겁내고, 살상의 전쟁 영화나 문초하느라 피비린내 칠갑한 사극 드라마엔 고개를 돌리는 나 박영주. 사랑 많이 받은 막낸데도 까맣게 잊고 지낸 돌아가신 부모님! 나 참 못된 자식이다.

때로는 지겨워한 평범했던 일상의 소중함을 이제야 설실히 깨닫다니. 내 곁에, 내 주위에 머무르는 사물들에 언제 살펴보는 관심을 가졌던가. 한결같이 비추는 밝은 햇볕, 우리가 맘껏 마시는 산소 공기, 소슬한 바람 한 점, 초록 이파리 하나도. 아! 모두가 우리에게 그저 주어지는 생명의 원천들인 것을 나는 잊고 지냈지. 작은 벌레 하나도 얼마나 소중한 생명이랴. 뻔뻔스레 신에게 용서를 빌어도 될까. 꺼이꺼이 넘어오는 울음이 정말 부끄럽다.

뭔가 조금 느낌이 왔다. 몸 안팎 모든 촉수가 비수같이 파르르 날을 세웠다.

"들리세요? 누구 있어요? 들리세요?"

"예—에! 사람— 여기에 있어요! 여—기—요오!"

"아주머니 1—1—9—예요! 이름 크게 말해 보세요. 이—름—요—오!"

"박 영 주우! 바악—여엉—주우우!"

"예, 박영주 씨요! 안심하시고 조금만 참으세요, 아셨죠!"

"예에— 제—발—요오!"

"아주머니이— 움직이지 마시고 그대로 계세요— 119 믿죠오?"

"예에— 그럼요! 믿어요!"

"선한 일 한 적 없는 나를 살려 주시나. 지상의 모든 신이시여, 고맙습니다!"

"여보—오! 당신이지? 나 여기 있어! 걱정하지 마! 제에발— 힘내— 으응!"

잘못 들었나, 남편은 아침에 출근했는데. 아, 잊고 간 서류 가지러 왔는가.

"여보! 나, 근호 아빠야! 당신 대답해 봐— 한—마—디—만!"

"자기야, 무서워 죽겠어! 너무너무 무서워!"

"그럴 거야. 조금만 더 참아 응. 내가— 꼭— 잡고— 있으니— 맘— 놔—도 돼!"

"나, 무지, 많이 참았어. 자기야!"

"박—여엉—주우— 사랑해! 정말 당신만을 사랑한다아— 알—지!"

소리가 웅웅 울린다. 죽으라고 잡고 있던 스테인리스 손잡이를 놓아 버렸다. 팔에 쥐가 내렸다. 저이가 뭐라나 사랑한다고. 지금 죽느냐 사느냐 갈림길인데 무슨 놈의 사랑을 해. 사랑이 뭐지. 그게 뭐야. 너무나도 생경하게 들리는 그 단어, 정말이지 낯설다. 사랑? 그 말 들은 적이 있기는 있었나? 그 옛날 신혼여행서 사랑한단 말 듣고는 까맣게 잊어버린 단어다. 지금 이 지경에 사랑한다고? 저이가 돌았나 봐.

빛, 빛이 그립다. 그냥 밝은 빛이면 행복하겠어, 그렇지 혹시 내가 잘못되어도 남편이 있으니까 나를 흉하지 않게 곱게 거두어 주겠지. 근호 근영이 아빠니까 우리 애들 서러움 수진 않을 거야. 얼음장 같은 심장에 하얀 목화솜이 한 겹 두 겹 포개졌다.

"15호! 나 16호야 힘내라고, 힘!"

"아줌마! 우현 엄마예요. 우리 냉수 들고 다들 기다리고 있어요! 힘내세요!"

"나 10호야. 근영 엄마! 안심하고 조금만 더 기다려!"

난데없이 여자들 떼창이다. 엘리베이터에서 만나는 반가운 얼굴들이 떠오른다.

치, 구경났냐! 냉수! 입 안에 모래가 버석거린다. 엘리베이터가 움찔했다. 놀라 벌떡 일어나 스테인리스 손잡이를 두 손으로 꼭 잡았다. 정말 조금조금 움직임이 감지되었다. 이러다 혹여 잘못 아래로 떨어질까 두려움이 덮쳤다. 무게를 줄이려고 몸을 오그리고 호흡을 멈추었다. 그래 조금만 조금만 더 참으면 나 살 수 있을 거야. 이때다. 무서워 꼭 감고 있는 눈 주위로 따스한 밝음이 느껴졌다. 사람들의 웅성거림도 가까이 들렸다. 너무도 익숙한 우리들의 언어들이.

"아주머니 조금만요! 다 돼 갑니다!"

"12호, 민서 엄마. 힘내라고 힘내!"

"박영주 고마워! 역시 박영주야!"

회계사의 두 얼굴

✦

오늘도 김인수를 찾아갔다. 요즘 내내 연락되지 않았다. 전화도 안 받았다.

답답한 사람이 우물 판다고, 식당 저녁 장사가 끝나고 할 일이 태산인데 피곤한 몸으로 허적허적 김인수 집을 찾아갔다. 하기야 낮에는 찾아가면 아예 만나지를 못했다. 김인수 마누라는 전화기에 여보세요, 하는 내 목소리만 나면 딱 끊어 버렸다. 빌라 벨을 눌러도 쌀쌀맞게 집에 없어요, 하곤 끝이었다. 남편 일을 남의 일인 듯 아예 상대하지 않으니 나는 김인수 마누라 얼굴도 못 봤다. 오늘도 김인수 집 빌라 앞 계단에서 기다린 지 한 시간도 더지나 김인수가 나타났다. 속이 뒤집히지만 참았다. 밝지 않는 가로등 아래 마주 섰다. 김인수가 땅이 꺼질 듯 한숨을 내쉬었다.

"상가 빌딩 짓던 건설 회사가 부도났다니까요."

"뭐, 뭐라고요?"

건설 회사가 부도났다고. 지하 2층 지상 5층 올리려던 종합 상가 건물이 부도나서 건물 2층 올리다 중단됐다 했다.

"망했어요."

"내 옷 집, 내 옷 가게는요?"

나는 눈앞이 캄캄했다.

"나도 눈앞이 캄캄하다고요. 아주머니는 한 개지만 우리는 두 개나 되는데."

"한 개요? 아파트 한 채 살 돈인데. 빚내서 산 가게인데!"

아, 그때부터 지루하고 기나긴 김인수와의 싸움이 시작되었다. 김인수가 분양받은 상가를 내가 매수해 샀기 때문이다. 나는 종합 상가 2층 여성복 옷 가게 13평을 김인수에게 매매 대금을 다 지불하고 샀다. 그러나 내 이름으로 등기는 하지 못했다. 상가 빌딩이 건축되고 인허가 절차를 다 받고 건축물 등기필증이 다 되어야, 김인수는 매도자로, 나는 매수자로 종합 상가 2층의 13평 의류 가게 등기필증을 넘겨받는다고 해서 얼마나 기다리고 있었는데 부도라니? 부도를 낸 건설사 사장은 구속되었고, 짓다 중지된 건물의 토지는 시중은행 몇 군데나 잡혔다고 했다. 나는 온몸이 부들부들 떨렸다. 세상에 이런 일이, 나에게 이런 일이 닥치다니! 어떻게 하나? 종합 상가 완공되기만을 눈이 빠지게 기다리고 있었는데. 나는 내 꿈이 이루어지는 현장이 보고 싶어 그동안 몇 번이나 상가 공사 현장을 찾아갔었다. 공사가 한창이었다. 큰 크레인이 위풍당당하게 서 있고 레미콘이 돌아가며 시멘트를 붓고, 작업복을 입고 안전모를 쓴 인부들이 일하느라 정신없었는데. 이게 도대체 무슨 일이란 말인가. 내 손에 꼭 쥐고 있던 금덩이가 흔적 없이 사라진 듯 정신이 아찔해졌다.

나는 작은 가계를 세 언어 백반 식당을 하고 있었는데, 목 좋은 식당은 전월세가 비싼지라 뒷골목 가게를 얻어 영업이 별로였다. 주로 점심 반짝 손님이라 아르바이트 데릴 형편이 못 되어 혼자 했다. 날마다 장 봐서 반찬 준비하고 종일 손에 물 담그고 서서 일하는 식당 일이 힘들었다.

내가 식당 하는 이웃, 이웃에 수잔 엄마가 살았다. 독실한 천주교 신자로 주일날이며 언제나 중학교 다니는 아들딸 데리고 성당에 갔다. 세례명이 마리아인 아주머니는 작은 걸 하나 먹어도 성호를 긋고 기도했다. 아저씨가 퇴근하며 부부가 나란히 강변길도 걷고 학교 운동장을 돌며 운동했다. 수잔 엄마는 아저씨가 즐기는 추어탕 사러 냄비를 들고 가끔 식당에 왔는데, 언제나 선하게 웃는 얼굴이고 친절했다. 요즘 제일 존경하는 사람이 신부님이고 수녀님이라 하지 않던가. 나는 성당 다니는 수잔 엄마를 다른 사람보다 특별한 사람으로 좋아했다. 수잔 엄마는 언제 시간 나면 성당에 나와 보라고 했지만 나는 성당에 한 번도 못 갔다. 새벽 시장 무겁게 봐 오고 식당일 집안일로 꼼짝도 못 하던 나는 한가히 운동 다니는 그들 부부가 부러웠다.

수잔 엄마 집 1층에 페인트 도매상 영업하는 한영철 사장이 있었다. 식당에 가끔 점심 먹으러 왔었다. 그도 수잔 엄마와 같은 성당 다니는 가톨릭 신자였다. 어느 날 식사하다 재래시장 옆 신축 상가 건물 얘기가 나왔다. 상가 위치가 재래시장 옆 요지라서 영업이 잘될 거라 했다. 1, 2, 3층은 분양권 매물이 없다고 했다. 부근 상인들이 다 잡았다고 했다. 나는 그만 귀가 솔깃했다. 식당 때려치우고 옷 가게 하고 싶었다. 옷 가게를 하며 얼마나 수월할까? 내가 예쁜 옷을 입고 머리도 손질해 손님들을 맞이하고 마른 손으로 의류들을 만지면 얼마나 좋을까? 생각만 해도 행복했다. 그리고 지금처럼 꼬박꼬박 월세 내는 가게가 아닌 온전한 내 가게를 갖는다는 그것만으로도 꿈만 같고 행복했다. 남편을 설득했다. 식당은 너무 힘들어 오래 하지 못하겠다 했다. 남편은 작은 회사에 다녀 봉급이 박한지라 초등 중 다니는 애들 셋, 앞으로 대학까지 공부시키려면 내가 집에서 놀 수는 있는 처지는 절대 아니었다.

남편의 반허락을 얻어 한 사장에게 부탁했다. 발이 넓으니 혹시라도 2층 여성복 가게 분양권 나오면 연락달라고 부탁했다. 한 사장은 자기 마누라도 2층 옷 가게를 하든, 세를 주든 하려고 분양권 가지고 있다 했다. 내내 소식 없었는데 어느 날, 같은 성당 다니는 교우가 여성복 가게 분양권을 팔려 한다는 말이 있다고 했다. 지인이라며 분양권을 몇 개나 가지고 있다 했다. 한 사장에게 통사정했다.

한가한 오후. 우리 식당에서 매매 계약이 이루어졌다.

김인수 씨, 나, 한영철 사장. 세 명이 모였다. 분양권을 가진 김인수 씨는 마른 체격으로 40대로 보였다. 한 사장이 부동산 매매 계약서를 준비해 와 달필로 서류를 꾸몄다. 김인수 씨가 이름을 적고 도장을 찍은 다음 내가 계약서에 이름을 쓰고 도장을 꾹 찍었다. 한 사장도 증인으로 서명하고 도장 찍었다. 떨리는 가슴으로 수표 8000만 원 매매금을 김인수 씨에게 건네었다. 김인수 씨는 수표를 확인했다. 나는 한 사장에게도 감사 인사하며 중개 인사례금으로 섭섭지 않게 넣은 봉투를 주었다. 당시 김인수 씨와 한 사장은 친구인 듯 터놓고 말을 했다.

그리하여 당시 27평 아파트 한 채 값인 8000만 원 주고 여성 의류 가게를 사게 되었다. 5000만 원은 집 사려고 어렵게 저축한 돈이고, 모자라는 3000만 원은 가까운 지인한테 빌렸다. 나는 그날부터 상가 건물 완공되기만을 눈이 빠지게 기다리게 되었다.

예쁜 여성복을 계절 맞춰 진열하는 꿈에 도로가 큰 옷 가게를 유심히 살폈다.

나중에야 부동산에서 서류 작성하지 않은 것, 내 편 증인이 없다는 점이 치명적이었지만, 그 당시 나는 그들을 손톱만치도 의심하지 않았고 매매 서류를 보물처럼 장롱 깊이 간직했다.

종합 상가 짓는 그곳은 본디 재래시장 옆 평지 주택지였는데, 조합이 그곳 주택들을 사들여 불도저로 밀어내고 지하 2층 지상 5층 번듯한 상가를 올린다고 소문이 파다했다. 김인수도 본디 그곳 주택에 살다 부근의 빌라로 이사했다고 했다.

이상한 소문이 들렸다. 상가 건물 부도났다는 소문이 퍼졌다. 설마설마했다. 헐레벌떡 찾아간 공사 현장에는 타워크레인은 우뚝 서 있는데 바쁘게 일하던 인부들 그림자도 없고, 여기저기 건설 자재들만 어지럽게 널려 있었다. 이게 무슨 일일까?

곧바로 김인수에게 전화했으나 그는 계속 전화를 받지 않았다. 속이 타서 미쳐 버릴 것 같았다. 불안하고 막막해도 그래도 어떻게 수습이 되겠지, 하고 기다렸으나 애타는 시간만 흘렀다. 건설 현장은 더 어질러져 폐허로 변해 갔다.

나는 속이 거멓게 타들어 갔다. 낮에는 식당 일로 잡히고 저녁마다 빌라를 찾아갔다. 한 사장에게 물어 김인수 사는 빌라를 알게 되었다. 내가 김인수에게 애걸복걸하는 처지가 되고 말았다.

"사장님 제발 내 돈 돌려주세요! 원금만 주세요. 네!"

"아주머니, 원금이고 뭐고 내가 돈이 어딨어요? 집 판 돈 상가에 다 처넣었는데. 나도 속이 숯검정이요. 한 개는 세주고 한 개는 커피숍 차릴까 꿈꾸었는데."

"기다려도 될 일이면 기다리지요. 나는 남의 이잣돈 빌렸는데, 건물도 없고 등기도 못 하고 이게 뭔가요? 제발 내 돈 돌려주세요."

"조금만 더 기다려봅시다. 설마 저렇게 그만두겠어요? 새 건설업자 찾아 완공시킬 겁니다. 암. 건설사 들어간 돈만 해도 어마어마한데 무슨 수가 나겠지요."

하도 답답해서 부동산을 찾았으나 바보 소리만 들었다. 부동산은 매도매수 즉시 등기가 되어야지 개인끼리 한 부동산 매매는 효력이 없다고 비웃었다.

"답답한 사람들! 부동산 수수료 아끼려다 당한 거지. 어리석게."

2년이 흘렀다. 짓다 만 상가는 그대로 흉물로 방치되어 있었다. 사람 복장 터지는 세월이었다. 신발이 닳도록 다니며 애걸복걸했더니 김인수는 찔끔찔끔 150만 원, 100만 원, 50만 원 등 겨우 500만 원을 주고는 배를 내밀었다. 이젠 아예 만나 주지도 않고 돈이 없어서 못 주겠다고 했다. 자기도 걸려들어 죽겠다고 했다.

그런데 세상은 이유도 모르는 IMF 시대가 되었다. 나는 IMF가

뭔지 알지도 못했다.

　은행 이자가 사람 잡아먹는다고 했다. 다만 지인에게 빌린 3000만 원 이자가 무섭게 불어나는지라 전셋집을 방 두 칸짜리 월세 집으로 옮기고 빌린 돈을 우선 갚았다. 내 잘못인지라 피눈물을 흘렸다. 등신 바보짓이라 누구에게 하소연할 곳도 없었다.

　남편은 그 돈이 어떤 돈인데 안 받느냐며 닦달을 했다. 남편은 술이 늘고 주사가 늘어 갔다. 쉬는 날도 없이 뼈 빠지게 벌어 어느 놈 아가리에 처넣었냐고 소리쳤다. 싸움이 늘어 가니 아이들도 밖으로 돌았다. 새벽부터 밤까지 손에 물 마를 새 없이 식당을 했는데, 집 장만은커녕 빚만 졌으니 미치고 생병이 날 지경이었다. 식당 일이 너무 힘들어 새 상가에서 옷 가게를 하면 좀 편하지 않을까 욕심낸 것이 화근이 될 줄이야. 아직 내 집도 없는데 아파트 한 채 값을 날려 먹다니 나는 목줄을 죄는 화병이 들었다. 그리고 친절하고 사람 좋은 수잔 엄마도 가게 달린 주택을 팔고 넓은 아파트로 이사했고, 페인트 도매상 한 사장도 건물주가 바뀌자 가게를 옮겨 갔다.

　참다 못해 지방법원을 찾아갔다. 그 당시 억울하게 돈을 받지 못하는 사람들을 위한 구제 신청 기간이라는 말도 있어 지푸라기라도 잡는 심정으로 용기를 내었다. 내 주변에는 법을 아는 사람도 없었고, 똑똑한 사람도 없었다. 내가 저지른 바보짓이 부끄럽기도 해서 누구한테도 그 일을 말하지 못했다. 법에 말하면 도와주지 않을까 하는 막연한 기대를 하고 찾아갔다. 난생처음 찾은 법원이라 안내를 찾아 묻고 또 물어 상담이 이루어졌는데 상담자는 대뜸 고소장 작성해 오라고 했다. 고소장을 어떻게 적냐고 물으니 대서방을 찾아가란다. 나는 법원 밖으로 나가 대서방을 찾아 헤매었다. 살면서 법원도 대서방도 처음 와 본지라 뭐가 뭔지 알 수도 없었다. 겨우 서류를 접수하고 나니 한숨이 다 나왔다. 법원에서 연락이 갈 것이라면 나오라 하는 날 법원에 나오라고 했다.

두 달인가 지나 등기가 왔다. 나오라는 날 법원에 나 혼자 가니 민원실에 김인수도 나와 있었다. 그리고 김인수보다 조금 나이든 남자가 모자를 눌러쓰고 휠체어를 타고 함께 있었다. 저 사람은 누구지? 시간 되어 담당자 앞으로 갔을 때 그 남자도 같이 갔다. 누군데 같이 왔을까? 성명을 확인할 때, 담당자가 김인수 씨! 부르니 김인수 씨가 아닌 휠체어 남자가 예, 하고 대답하는 게 아닌가.

"아닌데요. 이 사람이 김인수 씬데요."

나는 너무도 놀라 김인수 씨를 가리키며 소리쳤다. 잘못 들었나 싶었다. 상가 매도 서류에 도장 찍은 남자, 8000만 원 돈 받은 남자, 3년 동안 몇 번이나 만난 남자, 김인수. 그 김인수가 김인수가 아니라니, 잘못 들었나? 내가 돌았나? 세상이 돌았나? 세상에 김인수가 김인수 아니고, 오늘 처음 보는 휠체어 남자가 김인수라니?

담당자는 누가 김인수이든 상관없는 모양이었다.

"김인수 씨, 여기 매매 계약서대로 박선자 씨에게 상가 매매 대금으로 8000만 원 받았지요?"

"예."

휠체어 남자가 예, 라고 대답했다.

"고소인에게 13평 상가 약속을 지키지 않았으니 상가를 주든지 매매 대금을 갚든지 선택하세요. 일단 오늘은 고소인과 조정하고 다시 오세요."

김인수 아닌 김인수가 어리둥절한 내게 가까이 오면서 말했다.

"아주머니, 우리 저 밖에 나가 음료라도 마시며 이야기 좀 합시다."

"당신들 사람이오? 어떻게 사람을 속여 가며 행세를 해요?"

"사연이 있어요. 일단 좀 나갑시다."

법원 마당 수목들 사이에 있는 벤치에 앉았다. 나는 너무 놀라 걸음도 헛디뎌졌다.

"페인트 가게 한 사장도 아저씨가 김인수 아닌 걸 뻔히 알면서

작당하고 날 속였군요. 나는 김인수 당신도 페인트 한 사장도 성당 다닌다 해서 믿었는데, 이사 간 수잔 엄마와 성당 교우라고 해서 믿었는데, 어쩌 사람을 이렇게 감쪽같이 속여요? 아무리 세상이 험해도 신부님 존경하고, 성당 다니는 사람은 믿었는데, 세상에…!"

"아주머니, 우리도 사정이 있었어요. 나는 김성수이고 이 분이 내 바로 위 형님인데, 형님이 7때 큰 수술을 하고 병원에 있어 할 수 없이 내가 대신 나온 겁니다. 어쨌든 미안하고요, 아주머니는 이제 돈만 받으면 김인수든 김성수든 상관없지 않아요."

"그럼 오늘 내 돈 줍니까? 돈만 돌려주면 난 김인수 이름 잊어버리고 싶네요."

그러자 진짜 김인수가 천천히 힘들게 말했다.

"아주머니, 아시다시피 그 큰돈을 지금 당장은 안 되고요. 저기 오늘 내가 돈 확실히 갚는다는 공증서 받아 줄게요. 아주머니, 공증서는 내가 언제까지 차용한 돈 꼭 갚겠다는 공식적인 인증서이니 법에서도 공인인증서는 믿어요. 고소하면 시간만 한정 없이 걸리고 하니 좋게 해결합시다. 아주머니, 나 죽으면 그 돈 한 푼도 못 받아요."

김인수는 어이없는 소리를 했다. 우리는 공증 받으러 같이 갔다. 그날 진짜 김인수는 앞으로 두 달 안에 원금 8000만 원에서 찔끔찔끔 준 500만 원을 제한 7500만 원을 지급한다는 공인증서에 도장과 지문을 찍어 나에게 한 부 주고 자기도 한 부 가져갔다. 나는 속이 다 시원했다. 김인수든 김성수든 그들한테서 피 같은 내 돈 받기만 하면 그만 아닌가. 나는 남편에게 공인인증서를 내보이며 큰소리쳤다. 3년을 기다렸는데 두 달 못 기다릴까. 기다리면 떼인 그 돈 우리 손에 들어온다고. 이자는 받아 쓴 걸로 하자고 위로했다. 역시 나처럼 뭘 모르는 사람은 법원을 찾아가야 한다니까. 일찍이 찾아갔으면 그렇게 마음고생 돈고생 안하고 벌써 끝났을 터인데. 허무하게 내 옷 가게도 우리 집도 꿈처럼 다 날아간지라 나는 피눈물이 흘렀다.

눈이 빠지게 기다리던 두 달이 가고 석 달이 가도 김인수한테서 연락도 감감무소식이었다. 돈을 갚겠다고도 갚기 어렵다고도 말 한마디 없었다. 김인수 집은 모르고 그동안 찾아다닌 김성수 집을 찾아가니 자기는 이제 모른다고 했다. 그러면서 자기 형님이 매우 아프다고 했다. 병원 다니고 하느라 정신이 없으니 조금 더 기다려 달라고 했다. 공인증서를 들고 법원을 다시 찾았다. 누구 하나 나를 상대해 줄 사람도 없는 법원 민원실을 얼쩡거리다 겨우 차례가 되어 그 중한 공증서를 내보이니, 설명하는 말인즉 그 공증서는 상대방과의 약속이긴 한데 법적 효력이 없는 서류라고 했다. 화가 나서 다시 고소하겠다고 하자, 저번에 쌍방합의로 소송을 취하했기 때문에 재소송은 안 된다고 했다. 세상에 이럴 수가? 그때 김인수와 김성수는 소송 먼저 취하하고 공증받으러 가자고 했었다. 세상이 빙글빙글 돌았다. 나는 너무 어지러워 쓰러질 것 같았다.

어느 날 사거리에서 페인트 가게 옮겨 간 한 사장과 부딪쳤다. 내가 김인수를 김성수로 속였다고 힝의하자. 그는 13평 가게 주인은 본디 김인수이고, 당시 그가 맹장 수술해서 동생 김성수를 대신 내보냈다며 상가 건물만 부도가 안 나고 정상적으로 건축되었다면 아무 문제가 없었다고 말해 내 속을 터지게 했다. 사람을 바꿔치기하고도 문제가 없다고? 하느님 믿는 인간이 거짓말을 입맛대로 하고 있지 않은가.

다시 반년이 흘렀다. 김민수 아닌 김성수와 마주했다. 김성수는 3000만 원으로 매매 대금 끝내자고 했다. 자기 형님이 돈도 없고 몸이 너무 안 좋아 어찌 될지 모르겠다면서 죽을 사람 살려 주는 셈으로 봐 달라고 했다.

"그러니까 받을 돈이 8000만 원인데 3000만 원 주면 5000만 원 떼먹자는 거네요. 세상에 이런 법이 어딨어요? 어이가 없네."

"아니요. 전에 가끔가끔 준 돈 500만 원 있지요."

"뭐라고요? 내가 갚은 이자만도 얼만데, 500요? 그걸 말이라고 하고 있어요?"

"나도 이젠 정말 여기에 안 끼고 싶은데, 아주머니 처지도 딱하고 우리 형님도 딱하고. 억울하면 우리 형님 다시 고소해요. 나도 이젠 징글징글해서 말하기도 싫어요!"

그러다 형님 죽으면 한 푼도 못 받을 거라고 했다. 대학 병원 입원실에 가 보라고 했다. 내가 500만 원만 더 달라고 사정해도 턱도 없었다. 잠 못 이루고 밤새 생각하니 그 인간 마땅히 죗값을 받아야 하는데, 법에서 두 번 고소는 안 된다고 하고, 분통이 터지지만 3000만 원이라도 받는 게 상책일 것 같았다. 장장 5년 세월을 이 문제로 피를 말리고 있었다. 다 떼이면 내가 생병이 날 것 같았다. 꼬장꼬장한 남편을 달랬다. 1000만 원은 올려 말했다.

"우리 운수가 없어 당한 일이니 어쩌겠소. 4000만 받으면 절반은 건지니 그만 상가 그 일에서 손 텁시다. 더 오래 끌면 내가 미쳐 돌아 버리겠소."

내가 그 뒤에도 500만 원만 더 달라고 사정을 해도 턱도 없었다. 도둑놈! 날도둑놈! 김성수는 2500만 원을 건네면서 매매 증서와 인증서를 다 받아 갔다. 그뿐만 아니라 각서를 준비해 왔는데, 상가 매매 문제로 추후 일절 문제 제기하지 않겠다는 내용이었다. 5년간 이자 한 푼 없이 8000만 원의 원금 5000만 원을 날렸는데 각서까지 쓰라니 어이가 없어 헛웃음이 나왔다.

IMF에 은행 이자가 얼마나 높았던가. 그 후 나는 그 일을, 잃어버린 5000만 원을 내 기억에서 억지로라도 지우려 애를 썼다.

공인인증서, 그까짓 게 아무 소용없다는 것만 확실히 배웠다.

눈앞에서 사라진 옷 가게가 안타깝고 병신처럼 날려 버린 5000만 원이 너무 속상해서 가끔 명치가 너무 아팠다.

어느 날 짓다 중단했던 상가를 다시 짓는다는 소문이 났다. 나는 배가 더 아팠다.

오늘 보건소에서 우연히 수잔 엄마를 만났다. 아파트로 멀리 이사 가고는 처음 만났다. 몇 해 만인가? 이젠 곱게 중년으로 넘어가는 아주머니다. 잘 지내던 이웃이라 반가웠다. 가끔 냄비를 들고 추어탕을 사 가던 아주머니. 인정스럽고 친절하며 열심히 성당 다니던 가톨릭 신자님 아니신가.

"수잔 엄마!"

"어머, 추어탕 아줌마!"

반가웠다. 식당 영업에 필요한 건강검진 재발급받으러 온 길이었다. 아무리 바빠도 차 한잔하자고 보건소 부근 찻집으로 수잔 엄마 손을 끌었다. 수잔 엄마는 불면증 때문에 생강차를, 나는 키위 주스를 주문하고 우리는 마주 앉았다. 오전이라 실내가 조용했다.

"아주머니, 보건소에는 웬일이세요?"

"당 혈색소 검사하러 왔어요. 우리 성당 가까운 아파트로 이사 왔어요. 지난가을에."

"어머, 그러셔요. 그동안 소식 궁금했는데 아저씨도 잘 계시고 편안하시지요?"

"남편은 퇴직했고, 큰애는 군대 갔다 와 복학하고, 딸애는 대학 다니고 그래요."

"요즘도 두 분이 운동 많이 하시지요? 그 모습이 참 보기 좋았는데."

매일 저녁 부부가 나란히 걸어가던 모습이 떠올랐다. 주일날에는 가족이 함께 성당에 가던 모습이 얼마나 부러웠던가. 수잔 엄마는 복이 많은 사람인가 보다.

나는 수잔 엄마를 만나자 가슴속에 맷돌처럼 얹혀 있는 신축 상가 건물 중단된 얘기며, 옷 가게 날린 얘기를 했다. 수잔 엄마 건물 1층 페인트 한 사장이 가짜 김인수를 소개해 그 상가 13평 가게를 사게 된 일이며, 건축 부도로 가게를 날린 일이며, 빚 갚느라 전세까지 빼서 고생한 지난 일들이 술술 다 나왔다. 누구에게도 말 못 했던 속상함이 수잔 엄마를 보자 봇물이 터졌다. 눈물도 줄줄 나왔다.

"아니 김인수가 왜 돈이 없어요? 저기 회계 사무실 차려놓고 잘 사는데."

"뭐라고요? 김인수가 회계 사무실 한다고요?"

나는 놀라 기절하는 줄 알았다. 법원에서, 공중 사무실에서 딱한 번 만났을 때 휠체어를 타고 허름한 잠바에 모자를 푹 덮어쓰고 나온 남자, 오랜 지병으로 병원비로 재산 다 날리고 겨우 산다던 남자, 김인수로 행세한 김성수를 보내 먹고 죽 어려도 돈이 없다며, 5000만 원을 떼먹고 합의를 종용한 남자, 김인수가 회계사라니?

공인인증서까지 작성해 안심시키고선 끝내 돈을 돌려주지 않았다. 5년이 흘러도 나는 그 아까운 우리 돈을 아직 잊지 못하고 있었다.

"김성수도 김인수도 그 인간들 완전히 형제 사기꾼이네요. 병원비로 다 날리고 집도 없다고 했어요. 피땀 흘려 번 남의 돈 왕창 떼먹고…"

나는 가슴을 쥐어뜯는 아픔에 참을 수 없었다. 의자에서 펄쩍 일어나는 바람에 주스가 엎질러졌다.

내 돈, 내 돈! 내 돈?

"나한테 물어보지 그랬어요?"

"세상에, 세상에 아악…!"

세상에 어찌 이런 일이.

밥이 넘어가지 않았다. 밤이면 날아가는 잠도 안 왔다.

분하고 분해서, 속은 게 너무 분했다. 무심한 남편은 왜 그러냐고 지나가는 말로 물었지만, 김인수가 회계사란 말은 도저히 할수 없었다.

바보, 바보! 세상에 둘도 없는 병신! 등신!

식당 문을 닫고 동래에 산다는 김인수를 찾아 나섰다.

회계 사무소를 하고 있다고. 1년, 아니 10년이 걸려도 찾고 말리라. 나는 그곳을 샅샅이 뒤지기 시작했다. 드디어 찾았다. 3일만에 찾았다.

넓고 깨끗한 5층 건물이었다. 이 큰 건물주가 김인수라고 했던가.

회계사 김인수 사무실 간판이 3층에 눈에 띄게 잘 붙어 있었다. 커피숍, 학원, 법률 사무소, 변호사 사무실 등 1층부터 층층이 사무실로 빈 곳이 없었다.

덜덜 떨리는 마음을 진정시키려 그 건물 모서리서 빙빙 돌았다. 돌면서도 회계 사무실 출입구를 유심히 살폈다. 시계를 보니 11시다.

그때다. 한 남자가 성큼성큼 1층 출입구로 들어가는데 김인수가 아닌가. 휠체어도 타지 않았고 신수가 훤하고 얼굴이 반질반

질했다. 남의 돈 잘 처먹어 광이 나네.

아, 정치인들이 구속되어 법원에 재판받으러 나타날 적에 휠체어 타고 병들어 다 죽어 가는 얼굴로 나타났다, 몇 년 뒤 정치판에 나타날 적에는 완전 훤한 새신랑 같은 모습으로 나타나 고개 치켜들고 손 흔드는 딱 그 모습 아닌가.

나는 구역질이 올라와 캭캭 침을 뱉었다.

성당 다니는 나쁜 새끼! 하느님 파는 나쁜 새끼! 저런 새끼는 벌 받아야 해!

나는 갑자기 백배 용기가 생겼다. 회계사 사무실 문을 밀치고 들어갔다.

"어떻게 오셨어요? 무엇을 도와 드릴까요?"

여자 직원이 친절하다.

"회계사님 만나러 왔습니다."

"저기요, 회계사님과 약속되셨나요? 그냥 들어가시면 안 됩니다!"

"그럼. 약속하고말고. 김인수 회계사님 옛날부터 너무 잘 아는 사인데. 그럼."

당황해서 내 앞을 가로막는 직원을 밀쳐 버렸다. 남자 직원 따위도 지금 내 눈에는 안 보였다. 안쪽의 사무실로 직행했다.

김인수, 김성수가 아닌 김인수가 넓은 사무실 커다란 의자에 앉아 뭔가를 뒤적거리고 있다 나를 쳐다봤다.

"노크도 없이, 누구요?"

"나 알지요. 박선자? 다 죽어 가던 병자가 기적같이 살았네. 휠체어도 안 타고. 열심히 성당 다니니 하느님이 착하다고 다 낫게 해 주셨나 봐요"

"난 누구라고. 이봐요, 당신이 여기 왜 왔어?"

"난 볼일로 왔는데 그쪽은 볼일 없겠지."

김인수가 벌떡 일어나 내 쪽으로 왔다. 가소롭다는 듯 그의 눈이 나를 더러운 벌레 보듯 했다.

여직원이 문을 조금 밀치고 미안한 듯한 얼굴을 내밀었다. 김인수가 소리쳤다.

"나가! 문 닫아!"

나는 그의 코앞으로 다가갔다.

"간덩이가 부었네. 당장 나가지 못해! 끌어내기 전에!"

"내 볼일 보면 나가고말고."

나는 점프 호주머니 속에 감추어 온 잭나이프를 이미 손에 쥐고 있었다.

나는 그의 눈부신 흰 와이셔츠 입은 가슴에 잭나이프를 단번에 푹 찔렀다. 손에, 내 손에 더, 더, 더, 힘을 주었다. 조금씩 피가 배어 나오기 시작했다.

"이년이! 무식한 년이 칼로 사람을… 으악!"

회계사가, 그 잘난 회계사가 비명을 지르며 비실비실 쓰러졌다.

"성당 다닌다며! 하느님 믿는다면, 그럼 거짓말 안 해야지! 나, 무식한 박선자야! 네가 개무시한 박선자라고!"